JN086372

呪詛と鎮魂のユニコーン

紫水晶
Amethyst

新潮社
図書編集室

目次

装画　あかね
装幀　新潮社装幀室

呪詛と鎮魂のユニコーン

第1楽章　鉄格子の中の詩人

鉄格子の内から空をみていた。病気だからここに入れられたんじゃない、あの医師が誤診をしたのだ。詩人と狂人の区別がつかなかったからだ。牢獄に閉じ込められて、もう書くべき詩は浮かんで来ないけれども。

——笑って　笑って　もっと笑って

響子の母は、真面目で働き者、しかも子煩悩だった。子供の頃の響子はお母さん子で、「たくさん勉強して、今にお母さんに楽をさせてあげたい」と無邪気に言っていた。ある朝、その母の顔が、響子があんなに大好きだった笑顔が、ぐんにゃり曲がってしまっていた。病気の治療のため、遠くにある病院に母が入院した時、食事の世話などの面倒を親戚のおばさんたちに見てもらうことは子供心にもプライドが許さなかったが、それ以上に最愛の母が二度と戻ってこないかもしれない恐怖の方が大きかった。母親に会いたい一心で、今にも駆け出そうとする響子の祈りが通じたのか、極めて成功率が低かったはずの大手術によって澄美子は命こそ取り留めたものの、左耳の聴力は生涯戻らなかった。のちに小学校の担任に聞いた話では、澄美子の入院中に母を慕う内容の詩を書いて、会えない寂しさを文字にぶつけていたらしい。早熟な、小さな文学少女はとても母親思いだった。

――日に焼けた、活発で野性味あふれる少女。まだ荒削りだが響子は成長したら母親以上の美人になるに違いない。町中の男が響子を見て振り返るようになるだろう。すばしっこいカモシカのような脚をした、あどけない俺のお転婆娘。笑って、笑って、もっと笑って。

――A君は肌の色も体格も日本人離れしていて、その容貌は、父親が黒人だからだという話を聞いたことがある。黒く、大きく、衝動と憎しみの塊のような彼は同級生から異質な存在に見えた。すぐに響子が都内の中学に転校したことでA君との交流はなかったが、響子はのちにA君が少年犯罪史上稀にみる残虐な連続殺人事件で逮捕されたことを知った。

響子の通っている中学は都内でも有名な進学校であった。点数稼ぎのための受験勉強にまったく興味のなかった響子は父親の影響なのか、ますます詩と文学に傾倒し、同級生たちを下に見ている所があった。母親が生き物や獣の類が大嫌いだったので、まだ子供だった響子が子犬を拾ってきた時、ずいぶん叱られて元の場所に戻さなくてはならなかった苦い記憶があるが、都内の家に引っ越してからは念願の白い犬を飼うことができた。響子は利口そうな、人懐っこい黒い目をしたその犬が大好きで、体の色に因んでシロと名付けた。田舎で野山を駆け回っていた頃の野性味が薄れてきた響子は父親の期待どおりの美しい少女になったが、この頃から家の中では毎日、父、春雄の怒鳴り声が聞こえるようになった。それは思うように小説も書けず、心臓病のために望んだ会社に就職することもできず、生活費のために勤めた会社の仕事もうまくいかない苛立ちの表れだったのか。絶え間ない怒鳴り声に加えて、父親が外でつくった女の交際相手までが嫉妬に狂って春雄の住所を突き止め、怒鳴り込んできた修羅場もあった。

——うるさいっ、うるさいっ、うるさいっ、うるさい……

静けさを望みながら響子は心の中では悲鳴をあげていた。詩の好きな響子は、かつては作家になろうとしていた父に、目鼻立ちがはっきりした端正な顔立ちの文学青年の父に、憧れを抱いていたが、その気持ちが裏切られたことへの憎しみに変わった時から響子の無邪気な笑顔は消えてしまった。

ある日、響子が学校から帰ると無言でぐったりした澄美子の姿があった。その姿は響子が子供のころに感じた、母を失うかもしれない恐怖を思い起こさせた。

——わたしがお母さんを守ってあげる。絶対お母さんの傍から離れない。

元々心の優しかった響子は、澄美子の自殺未遂以来学校へ行かなくなり、母親をこんな目に遭わせた父親を今まで以上に憎むようになった。

久しぶりに登校した響子を迎えたのは同級生からの冷たい視線だった。病気でもないのに学校を休んで勉強をサボっていた不真面目な子だと見做され、同級生たちから陰口を叩かれた。あるいはそれは響子の頭の中の妄想だったのかもしれなかったが、自分に向けられる悪口がうるさくて、うるさくて、その騒音はさらに響子を苦しめることになった。再び学校に行かなくなったこの時、学校教育の場から響子は一生遠ざかることになる。響子が静かに穏やかに笑って過ごせる場所はどこにもなかった。

——誰よりも透明な心の持ち主だから、澄んだ水の中でしか生きていけない。濁った川の中では生きられない魚なんだ。学校も大人たちもみんな間違っている。わたし以上に完全な人間はこの世にいない。わたしは誰より高い場所にいる特別な存在なんだ。

父親譲りの文学気触れが響子に誤った自意識を抱かせたのだろうか。完全な人間など何処にもいない。春雄にせよ、響子にせよ、どんなに優れた才能を持っていたとしても、その能力を活かせる場がなければ、そして努力と忍耐が備わっていなければ、それは悲劇でしかないということをまだ理解できていなかった。

響子は間違った大人の代表である父親に暴力で対抗することで自分の正義をぶつけようとした。春雄は娘に手こそ上げなかったが、暴力以上の大声で応戦し、結果として隣近所にまで二人の怒号が響き渡るようになった。学校に行かなくなった響子の唯一無二の親友は人の言葉を話せない白い犬だった。ある日、澄美子は動物が大好きなはずのわが子が鎖で犬を殴っている姿を目撃した。攻撃の対象が母親である自分であれば馬乗りになったり、顔を踏みつけたりする暴力にも耐えられたが、慕っていた主に打ち据えられた犬の姿を見るのはあまりに哀れだったので澄美子はシロを田舎の親戚に引き取ってもらうことにした。以降、早瀬家で動物を飼うことは二度となかった。

早瀬家のゴタゴタをどこかで嗅ぎ付けた親戚の伯父が家にやって来た。よそで女を作ってほとんど家に帰らず、ろくに仕事もしない春雄のことを非難し、響子に向かって「お前の父親はただのヒモだ」と言って帰っていった。どんなに憎んでいても実の親を侮辱された響子は怒りのため我を忘れて暴れるようになった。親戚の叔母も澄美子姉さんに話があるといって訪ねてきた。「響子が学校に行かないのも暴力を振るうのも全部病気のせいなのよッ。親戚に精神病がいることで、将来うちの子供たちの縁談に支障を来したらどうしてくれるの！　今すぐ精神病院に入院させるべきよ。どうして姉さんは響子の病気を認めないのッ！」。叔母のヒステリックな声が、全部響子の所にまで届いた。

その後響子の左手首には大小の細長く白い傷跡ができた。あんなに痛い思いをしたのに死ねなかったので手首の中から白い筋が見えるまで深く切ったのだが、さらに手首一面を横切るほどの長い傷跡ができ、左手の一部が思うように動かなくなる後遺症が残っただけだった。そこで今度は頸動脈を切ったが左手首以外に首筋にも白い細長い傷跡が残っただけだった。精神科医が下した病名は精神分裂病であった。

――お母さん、お母さん、わたしを鉄格子の中に閉じ込めた鬼のようなお母さん
退院した時、かつてのカモシカのような脚をしたやせ型の美少女は薬の副作用で、はちきれんば

かりの肥満した体型に変わっていた。響子の同級生たちは卒業のシーズンを迎えていた。授業を半分以上欠席した響子は出席日数が足りなかったのだが、義務教育である中学を中退するような生徒は前代未聞だったためか卒業証書が与えられることになった。澄美子は卒業させてくれた中学に対して、平身低頭して感謝したが、学校側としては体のいい厄介払いだったのか、教育者として温情をかけたつもりだったのか、それは分からない。しかし、母親としては、ただひたすらに我が子の卒業が嬉しかった。３年前の小学校の卒業式の時は、細い脚をした、やせっぽちの小さな娘と二人で記念撮影した。今度はたった一人の卒業式。それでも中学の卒業証書を手にした響子の姿はいつまでも忘れないと澄美子は思った。母親の思いをよそに結局、響子は学力もないまま学校と社会から切り離されることになった。

響子はまともに高校に通わなかったが、『安保反対！』には参加した。『いちご白書』が教科書代わりで、催涙弾を投げられながらデモ行進するのが青春だった。この頃の響子は精神安定剤の服用を勝手に止め、ダイエットにも励んだためスリムな体型に戻りつつあった。１７０センチを超えるモデルのような長身と父親譲りの目鼻立ちのはっきりした美貌で街を行く大勢の男たちを振り向かせた。その頃の響子にとって、『いちご白書』に並ぶもう一冊のバイブルは『ガラスの動物園』だった。繊細で美しいガラス細工のような世界には共感できたが、残念なことに作中で、自分が特別であること、自分らしくあることの象徴とも言えるユニコーンの角が折られてしまっていた。学校に行けないという共通点はあっても、響子は『ガラスの動物園』のローラほど恋愛に消極的ではなかった。むしろ家庭にも学校にも居場所のない響子にとって恋愛は唯一、ゲーム感覚で遊べる気晴らしの場所だった。幸せそうに響子の眼には映った友人のボーイフレンドを寝取って恋愛ごっこに興じていたある日、響子は自分が妊娠していることを知った。大人ぶっていてもまだ未成年の響子が未婚の母になることに両親は猛反対し、春雄が激怒し響子が家を飛び出すいつもの騒動が繰り返された。何の力も無く、四面楚歌の状況の中で響子はある決意をした。

——これは運命なんだ。わたしの絶望から生まれたこの子はきっと汚れた世界に対する耐性を備えて生まれてくる。次の世代では、泥沼の中でも激しい濁流の中にあっても平然と泳げるような図太く、したたかな魚になるだろう。簡単に折れてしまうガラス細工とは違う、光り輝く宝石。わたしの純粋さの結晶。この子と一緒に生きていく。

孤独だった少女が生まれて初めて生きる意味を見出した瞬間だった。

「鉄格子の中の詩人」 終わり

第2楽章　四つ葉のクローバーの少女

晶さん、いつも手紙ありがとう。晶さんから手紙をもらう度にもう嬉しくてしょうがなくて、沈んだ気分も全部吹き飛んじゃった。ところで、手紙に書いてあった聞きたいことって何？　覚えていることは何でもお話ししますよ。この歳になったら同世代の人間は全部死んじゃってあの頃のことを話せるのはもう俺一人になってしまったから。

晶さんのおばあちゃんはほんとに素晴らしい人だった。頭が良くて、思ったことをすぐに行動に移す大胆な少女でした。晶さんの頭が良いのもおばあちゃんの血を引いているからだね、きっと。この間送ってくれた論文も全部英語で書いてあってびっくりした。意味は分からなかったけど。昔はね、英語は敵国語だから使うなって言われていたからね。私と澄美子さんは同じ年の従姉弟同士で、子供の頃、時々田舎の伯父さんの家にお邪魔させてもらっていました。「あんたはしょっちゅう澄美子のおもちゃを取り上げて泣かせていたね」と伯母さんによく叱られたものです。

数年後、東京に住んでいた叔父たちを頼って仕事探しのために上京することにしました。当時田舎には仕事がなくて、あったとしても重労働で早く死ぬ人が多かった。上京した時は十条と板橋に二人の叔父さんが住んでいて私は板橋の叔父さんの家に行く予定でした。でも、手違いで1日早く到着したために板橋の叔父がいなくて、十条の叔父さんに電報を打って駅で待っていました。とうとう夜になってしまい、駅舎を閉めるから出ていってくれと言われ、お巡りさんからも不審に思われ、やっと十条の叔父の家に到着したのはもう夜更けでした。

朝起きたら、隣の部屋から突然澄美子さんが現れたんです。澄美子さんもその時、受験のために十条の叔父の家に滞在し、隣の部屋で寝ていたのです。その時は二人とも制服姿だったかなぁ。鹿児島弁と東北弁で会話してると、お互い方言が強いものだから、何言ってるかよく分からなかったりして。叔父さんの家で蕎麦をご馳走になった時のことをいまだに覚えています。澄美子さんが「ヒデちゃん、お蕎麦何杯食べる?」って聞くから普通に「1杯でいい」って答えたんだけどさ、なぜか澄美子さんが笑いを堪えながら「ほんとに1杯でいいの？　私は5、6杯食べるわよ」って念を押すんだよ。内心、随分食べるんだなと思いながら蕎麦を見たら、1杯の量がやたら少ない!!とうとう笑いを堪え切れなくなった澄美子さんが再度「ほんとに1杯でいいの?」って聞いてくれたけど、こっちにも男の意地とプライドってもんがあるから今更増やしてほしいとも言えずにその晩は腹が減ったまま過ごしてね。あんなに量の少ない蕎麦があったとはね！　ひどいよね、澄美子さんも。

その後、造兵廠で技術者として働くことになってね。造兵廠って分かる？　武器を作る場所で、この前、晶さんが大阪城のお菓子をお土産に持ってきてくれたけど、あの近くにもかつて造兵廠があったんだよ。大阪城懐かしかったなぁ。造兵廠で働いていた時の上司の勧めで陸軍士官学校に入学しました。入学してすぐの頃、号外の鈴が鳴り響き、日本がハワイにおいて開戦したことを知りました。匍匐前進、敬礼、捧げ銃の毎日の中で級友たちに大人気だったのが講堂の掃除です。講堂の2階の窓からシャバを拝みたいばかりに希望者が殺到していました。澄美子さんも、その時は歯科医専の制服姿で会いにきてくれたことがあります。普段、女性をほとんど見ない生活なので級友から随分羨ましがられたものですよ。陸軍士官学校には首席卒業生が天皇陛下から銀時計を賜り、教官になれる制度がありました。ただし卒業してから1年間は戦地に行かなければなりません。掃除などを全部サボってひたすらガリ勉し、銀時計を賜った級友は戦地へ行って、教官になる前に戦死しました。戦地では、敵兵の新しい武器を調査しに行って死体の振りをした敗残兵に殺られることがあってね。今にして思えば、私は首席で卒業できなくて運が良かった。人生何が幸いするか分からないものです。

卒業後は大阪砲兵工廠で、主に火薬を詰める作業をしていました。当時、国を守ること、国のために死ぬことは誇りだと思っていたので、戦地で武器の修理をするためジャワや満州へ行った友人たちのように私も戦地に行きたかった。家族がいないから死んでも構わなかった。でも、他に火薬の操作をする人間が見当たらなかったので内地に引き留められてしまいました。軍隊では班長にとても可愛がられました。私がこまめに働いているのを自分の手柄のように班長に申告した男がいました。私が班長に呼ばれ、「いつも丁寧に仕事しているのはお前だろ、岩崎」と言ってあんパンをくれました。班長さんは2階から全部見てたんですね。そんな班長さんでしたが、示しをつけるために部下を殴る時はね、そりゃあもう言葉で言い尽くせないほど痛かったですよ。仕事で全国に出張していましたね。用事が早く終わることもあるので東京出張の際は叔父さんのところへ行きました。ある日、友達と一緒に叔父さんの家を訪ねた時、近くにクローバーがたくさん生えてる公園があるから、叔母さんと澄美子さんを誘ってみんなで四つ葉のクローバーを探しにいこうという話になり、何とかして四つ葉のクローバーを見つけたい私は目を皿のようにして最後まで粘り続けました。あんなに探したのに四つ葉のクローバーは見つからなかった。公園で撮った４人の写真は今でも持っているのに。

大叔父さんにあたる尾上中将に挨拶にいったこともあります。士官学校にいた頃、何かと比較されて困ったほど成績優秀な方でした。卒業後は東京帝国大学航空学科で航空技術の研究をされていました。頭のいい尾上家と代々医師をやっていた寺田家、両方が頭のいい家系だから晶さんにも受け継がれているんだよ。尾上中将との面会は、三人ぐらい人を介さないと中々取り次いでもらえなくて、段々緊張してきた頃やっと出てきてくれて。その時、大叔父さんはにこにこしながら「何しに来たん？」って言ってくれてね。

最後は武器も食料もなく、竹槍で訓練していました。竹槍の訓練より農作物でも作ったほうが腹の足しになったのかもしれないが、特高や憲兵に牢屋に入れられるのが怖くて誰も文句が言えなかった。我々は大砲でＢ29を撃ち落とそうとしたのに、Ｂ29は我々が想定した大砲の飛距離の遥か上を飛んだ。負けを覚悟したのは……。もうその頃はどこもかしこも全部焼け野原になっていてね……。

大学生の頃の春雄は教練以外の教科は成績優秀だった。教練が悪かったのはその時間、サボって映画を観に行ったせいだった。映画と同じくらいか、それ以上に小説の好きな春雄は生涯師と仰いだ本多教授に自分の書いた短編小説を激励されたこともあった。自由主義の法政大学は、男子学生は黒の革靴を履くのが普通とされていた時代にも茶色の革靴を履くのを認めていたが、軍国主義の色合いが濃くなっていった満州事変後の日本においては複数の教授が検挙された。大学生にも監視の目は光っていた。春雄は見知らぬ男に突然「マルクス主義をどう思うかな?」と聞かれたことがある。その男の目つきを見て、取り敢えず「大変けしからん思想だと思います!」と真面目な顔で答えたが、答えようによっては特高に引っぱっていかれたのかもしれなかった。文学青年と軍国主義ほど相容れないものはなかった。学徒出陣前に春雄は上官に死ぬほど殴られた。当時は21世紀のような大学全入時代ではなく進学できる大学生が少ない時代だったので高学歴の上、理知的で端正な目鼻立ちと甘い口元の春雄は上官の目にはインテリぶった気障な奴に映った。坊ちゃん育ちらしく態度も生意気だった。春雄が戦地に送られる直前に戦争は終わった。

祖父が胃がんでこの世を去ったあと、晶は唯一の肉親である祖母の家で二人暮らしをしていた。戦時中でもないのに、とうとう『母のない子と子のない母と』の状態になってしまったと晶は思った。もっとも晶はミステリー以外ほとんど読んだことがないので、その本をちゃんと読んだことはなかったのだが。

晶が仕事の日は、

「いってきます」「いってらっしゃい」で一日が始まり、

「ただいま」「おかえりなさい」で家に帰ってきた。

休日は祖母と食事や買い物に出掛けた。祖母は左耳がまったく聞こえないので二人で出掛ける時はいつも晶が右側に立った。祖母も高齢になり体調不良や転倒などで入院することもしばしばあったが、病室でも毎日、

「ただいま」「おかえりなさい」で帰ってきた。幼い頃に父を亡くし、ずっと家庭的に恵まれない人生だった晶にとって祖母は最後まで「家族」という家庭的な温かさを与えてくれた存在だった。

デイサービスに週に2、３回通う事と家でテレビを見る事以外に特にする事もない祖母の唯一の楽しみは同世代の親戚との長電話だった。最も頻繁に電話で話していたのは従弟の岩崎さんで、嬉しそうに孫の自慢話を延々と「ヒデちゃん」に話して聞かせていた。祖母との毎日は晶にとって大きなプレッシャーだった。介護が大変だからではなく、絶対に病気や事故で祖母より先に死ねない、今度こそ逆縁を繰り返してはならないことへのプレッシャーだった。二人で暮らすようになってから祖母は幼い頃の晶のことをよく思い出していた。

「あきちゃんがうちに来て、もう40年以上一緒にいるんだね。まさかこんなに長く一緒にいられるとは思わなかったね」

「響子のことは諦めよう」

最晩年は体調不良から自暴自棄になって、自分の世話なんか止めて出ていけばいいと口走ったこともあった。

「あきちゃんにすがるようにして生きてきたのに。あきちゃんがいなければ生きていけないのに。許してね」

「大丈夫。ずっとおばあちゃんと一緒だから」

祖母の食がますます細くなり気力と体力の限界に達した時も寿命が尽きようとしている時も、晶は最後まで諦めずに二人で頑張って生きようとしていた。当時の晶の日記にはこう記されている。

5月13日　指輪に付いていたオパール紛失
5月14日　学校から帰宅時に呼びかけに応えず、訪問看護師（深夜）目を覚まし、ジュース摂取。おばあちゃん「昨日どうしたの？　覚えてない」
5月15日　血中酸素飽和度低下、訪問看護師、20時過ぎかかりつけ医師、21時過ぎ病院救急搬送（脱水症状、肺炎）
6月1日　黄疸、手術中断「帰りを待っていてくれてありがとう」　おばあちゃん「いつも帰りを待ってる」
6月2日　[午前]病院医師（退院について）[午後]（おにぎりについて）「10年ぐらいずっとおばあちゃんに悪いことした、謝ろうと思ってた」　おばあちゃん「そんなことない」「おばあちゃんがせっかくおにぎり作ってくれたのに、その時はおばあちゃんに手伝ってもらわないで何でも自分でできるようにならないといけないと思ってた、そんな些細なことを気にするのおかしいかな？」　おばあちゃん「覚えてない」「5年間ふたりで暮して楽しかった。みんなにそう言ってる」

6月3日　14時家族、ケアマネージャー、病院医師、かかりつけ医師
6月4日　退院（自宅へ）
6月10日　深夜「おやすみなさい」　おばあちゃん「おやすみ」（はっきり大声で）
6月11日　9時過ぎ「いってきます」　おばあちゃん「いってら……」10時6分死去
6月13日　通夜
6月14日　告別式

祖母が死んだ時、晶は「今度こそ最後まで守り切った」と肩の荷を降ろすような気持ちだった。晶の母親のことを「どこに行っても拒否される」と長い間、心を痛めていた祖母。もう子供のことで流す涙からも、嘆きからも、やっと解放されたはずだと思った。

祖母の入院中はよく、携帯電話の使い方の分からない祖母に代わって晶が電話の操作をし、入院先でも祖母が従弟のヒデちゃんに弱音を吐いたり、励ましてもらえるようにしていた。家の電話しか使えない祖母は、家の外でも電話で話ができることに感心し喜んでいた。祖母が死ぬ前に最後に電話で話したのもヒデちゃんだった。「晶さんはしっかりしているから大丈夫。もう何にも心配いらない」と言って祖母を安心させてくれた。葬儀の後、岩崎さんから電話が掛かってきて、「澄美子さんも最愛の人に看取られて最後は幸せだった」と労いの言葉をかけてくれた。書類の手続きと遺品の整理が全部終わった頃、生前祖母がお世話になった岩崎さんの家に直接、お礼を言いに行くことにした。遺灰の一部を入れた小さな容器と共に。おばあちゃんも生きている間にもう一度岩崎

さんに会いたかっただろうと思いながら。おばあちゃんが息を引き取った日、最後に「いってきます」と言って家を出た日に「もう自分のことはいいから行って」と言われた気がした。

「この中に祖母の遺骨の一部が入っています。戦時中も生き残った者が戦死者の形見の品を家族に届けたのではないですか？」

「太平洋戦争の時は、汚い話だけど戦場で小指を切り取って遺族に届けることがよくあった。体が動くなら澄美子さんに会いに行きたかったけど仕方がないね。お葬式にも行けなくて申し訳ない。これから寂しくなるけどこれも天命だから」

その後も岩崎さんは晶のことを心配して電話や手紙をくれた。


晶さん、先日は遠い所までお越しくださってほんとうにありがとう。澄美子さんの遺灰は仏壇に置いてあれから毎日手を合わせております。嫁ぐ前の澄美子さんは快活で自由奔放で、思い切ったことをする少女で私なんかついていくだけで精一杯でした。家族であり、従姉弟であり、それ以上の存在だったのです。嫁いでからは自分を押し殺すようになってしまった。晶さんはこれからおばあちゃんの分までもっと自由に心のままに世界で羽ばたいてください。それからね、この前送ってくれた二人でお揃いの四つ葉のクローバー、いつもカバンに入れて持っていますよ。通っているデイサービスでカバンからクローバーを出して見ていたら、他の利用者さん達が「何見てんの？」と口々に言いながら集まってきてね、「カノジョ♡にもらったの」って自慢したらみんなから羨ましがられてほんとに嬉しかった。おかげで寿命が延びたかもしれないなぁ。いやいや、こんな遅くに電話してしまってごめんなさい。晶さんの元気な若々しい声を聞くだけでも元気になれるものだから。それではくれぐれも無理はなさらぬよう体にだけは気をつけてお仕事頑張ってくださいｰ晶さんの健康のことだけはいつも心配しております。また電話します。手紙も送ります。生きている限りずっと。約束しましょうね。それでは晶さん、おやすみなさい。

「四つ葉のクローバーの少女」　終わり

第3楽章　ユニコーンの角の行方

貴方が生まれた時からずっと何があっても、自分の命に替えてでも貴方を守りたいと思ってきました。それなのに私は自分の病気と戦うことだけで精一杯でその誓いを守れなくてごめんなさい。貴方に辛い思いをさせて申し訳なく思っています。

響子は未成年で出産したが、保護者の許可なく婚姻届は提出できなかった。父親に勘当され、家から追い出された響子は二十歳の誕生日を迎えてすぐに子供の父親と結婚し、東京郊外の家賃の安い団地に住み始めた。生まれたばかりの赤ん坊がいるので成人式には参加できなかった。響子はモデル並みの美貌を誇ったが、結婚相手を社会的地位や経済力で選ぶことは自分の中の純粋さが許さなかったため敢えて高収入でも高学歴でもない、一つ年上なだけの若く頼りない男を選んだ。響子はどこへ行ってもひと際目立っていて一緒に食事に行った時に店員から「こんなお美しい奥様を射止めるのにさぞかしご苦労なさったでしょう」などとお世辞交じりのやっかみを受け、夫である由明が不機嫌になったこともあった。まだ二十歳そこそこの由明には妻の病的な感受性ごと妻子を守ろうとするような人間としての大きさはなかった。蟹江家の姑と小姑は近所に住んでいて何かと余計な口出しをしてきたが、本ばかり読んでいる響子の自分たちを下に見ているような気取った態度に苛立ちを募らせるようになった。嫁ぎ先でも孤立するようになった響子は対人関係で嫌な思いをする度、家で大声で叫びながら夫と争ったり、夫の衣類を切り刻んだりした。自分の苦しみを誰でもいいから誰かに分かってもらいたかったが、周囲に味方はいなかった。自分の孤独と苦しみを理解しない人間はすべて響子にとっての敵だという感覚が芽生え始めていた。十代の頃の病気が再発し、ある日突然死にたくなった響子はわが子の細い首に手を掛けて絞めた。晶が苦しそうな顔をして嫌がったので絞めつけた手を緩めたのだが、この汚れた世界に子供一人を残して母親がいなくなるのは可哀想だ、子供は絶対的に自分に所属している存在だという身勝手な理由から1度目の無理心中を図ったのだった。その時の響子はまだ言葉も話せない晶と二人きりの狭く閉ざされた世界に住んでいた。精神的、経済的に追い詰められた響子が最後に甘えられる相手はあれほど恨みつらみをぶつけてきた母親の澄美子だった。春雄には内緒で響子と初孫に会いにいった澄美子は無心に祖母を慕って駆け寄ってくる晶の小さな姿を見て、愛おしさでとろけんばかりになった。初孫は目の中に入れても痛くないとよく聞くけれど、目の中に入れたり、むしゃぶりつきたい衝動にかられた程、孫は可愛かった。吸いつかんばかりの表情で晶を抱っこしながら、澄美子は、わが子が病気になって以来感じたことのない幸せに包まれた。娘と孫を助けたい一心で澄美子はいくらかの金銭を響子に渡してご機嫌を取った。その後も春雄には内緒で澄美子は何度か響子に送金した。

あさま山荘に機動隊が突入した時、響子は赤ん坊を胸に抱きながらテレビに釘付けになっていた。

友達と一緒に「安保反対！」のデモ行進をした日々、そして催涙弾を浴びて泣きながら逃げた日々は今にして思えば青春だった。響子にとっての青春は終わり、次世代に活躍する子供を育ててゆく母の役目が残った。子育てをしながら女流詩人、吉原幸子の詩集を読んで、響子は「自分が病気だと誤診され精神病院に入院させられたのは、純粋な天使に近い特別な存在だからで、間違っているのは汚れた世界の方だ」という認識を強くした。汚れた世界を否定するために、もう一度晶の細い首を絞めた響子は、苦しがる晶の様子を見て「この子はこの汚れた世界で生きようとしている」と思った。もう蟹江家で暮らしていくのは限界だった。このままでは晶を殺してしまう。晶を腕に抱いた澄美子の笑顔が浮かんだ。お母さんの所へ帰りたかった。春雄の仕事の都合で響子の両親はすでに大阪に移っていた。子供の親権を奪われたくない響子は晶を連れて逃げるようにして大阪の早瀬家に戻ってきた。響子を追い出して清々した蟹江家の中で由明だけはまだ妻に未練を残していた。響子がどうしても離婚したいと言い張るので、娘の代わりに春雄が離婚の手続きを取った。離婚が成立してすぐに由明が睡眠薬を飲んで自殺を図った。

「あきちゃん、お花を入れてあげようね」。晶は渡された白い花がいたくお気に召したらしく家に持ち帰るつもりでいたので決して棺の中に入れようとはしなかった。強情に花を握って離さない晶を物凄い眼で見ていた由明の姉は突然、

「人殺しっ！」と、その場にいない響子に向かって叫んだ。

「たった一人の忘れ形見の前であなた、何てことを言うんですかっ」

響子が東京まで来られないので代わりに孫を葬儀に連れてきた澄美子は何かからひったくるようにして晶を抱き上げて帰ろうとした。

「あんな頭のおかしな女に子供が育てられるものか！」

睡眠薬を大量に服用した由明は入院したが、元妻の響子が病院に駆け付けた時には命に別状はないと言われ、一時はただの狂言自殺かと思われた。無事快方に向かっていたはずだったが、響子が大阪に戻ったあと容態は急変した。医療体制に手落ちがあったのか不可抗力であったのか、原因ははっきりしないままだった。晶はこの頃やっと片言で人間の言語を話し始めたばかりで何が起きたのかまったく理解できなかった。東京から持ち帰ってきてしまった素敵な白い花は家に着く頃にはすっかり萎れていた。この日以来、蟹江家とは絶縁することになった。

新しい家族が一人増えて早瀬家は京都に引っ越すことになった。幼稚園に入る前の晶は毎日お祖父ちゃんの車に乗って神戸と京都を行き来した。帰りの高速道路では晶は眠たくなってしまって後部座席で毛布にくるまって横になっていた。車で移動しながら暗い車内から見上げるロマンチックな夜景は夢のように晶の視界を流れていった。「晶は子供の頃トラック野郎が大好きでね」と後に春雄が証言したように、晶は昔、ほんとうはロマンチックな夜景よりもピカピカのトラック野郎のほうに興味があったらしいのだが本人はまったく覚えていなかった。

響子が晶をセレブな幼稚園に入園させたがったので晶は家から離れた私立の幼稚園に通うことになった。仏教系の幼稚園で行事の時には甘いお茶を飲むことができた。だから晶は成長して京都の商店街で甘いお茶の香りを嗅いだ時も、どこか懐かしい気がした。幼稚園に近い、大きなスーパーマーケットは夕方になると入口の灯りがキラキラしてお洒落な感じがした。同じ幼稚園に通っていた子どもたちのお母さんの中で晶のママは一番若くて綺麗だった。ファッションに興味のあった響子はデパートや新京極通の店で買った（実際には響子の親に買ってもらった）高級子供服をお人形のように晶に着せて、テレビに出ている子役のようだと満足していた。その頃澄美子は京都市内で歯科医院を開業したばかりだった。患者さんから「あの小さい子、先生の娘さんですか？」と聞かれる度、澄美子は相好を崩して「そうよ。年取ってから生んだのよ」とおどけてみせたが、自分で生んでなくても晶はほんとうに澄美子にとってわが子同然だった。

「さーさーのぉー葉ー　サァーラサラァー♪」

京都の夏の夜は、寂しく暗い夜道の中にも微かな風があり、涼しかった。便利さと引き換えに京都の町から失われたもの。夕暮れが近付く頃、路地裏に響くラッパの音。部屋の中を通る涼しい自然の風。可愛くて、涼しい音が鳴る風鈴。涼しい匂いのする蚊取り線香。七夕の歌を歌いながらママと並んで歩いた夜道。

七夕が終わるとすぐに、四条通に涼しげな祇園囃子が聞こえてくる。宵々山から夕方になると歩行者天国が始まるので晶も響子に連れられて祭りに参加した。晶は山鉾のほうはほとんど見ていなかったが、冷やしたジュースや綿菓子、光るオモチャは魅力的に見えた。あちらこちらに建てられている山鉾の前を通り過ぎ、山鉾のない場所まで来ると急に人もまばらな暗い夜道に出てしまい、祇園祭の帰りは寂しかった。

夏休みには湖西線で琵琶湖の水泳場にママと行った。晶は泳げないので浮き輪と一緒にゆらゆらと湖に浮かんでいた。夜になっても泊まっているホテルの部屋まで寄せては返す波の音が聞こえてずっとゆらゆら揺れているようだった。避暑地なので緑が多く、木陰は涼しくて快適だったが、駅の近くには京都の寺町通のようなお洒落な店がなかった。木々の葉や夏草の生い茂る中に一軒だけアクセサリーなどを売っている土産物店があった。晶は貝殻のついた可愛らしいネックレスを買ってほしいとねだってみたところ、ママに「帰りに買ってあげるね」と言われ、帰り道を楽しみにしていた。あともう少し、二人で湖で遊んで帰るつもりだったのに翌日すぐに京都に帰ることになった。晶は知らなかったのだが、春雄と言い争いをした響子が娘を連れて家から飛び出したため、心配になった春雄が響子を宥めすかしてすぐに帰ってくるように説得したらしかった。響子の左手首についた細長い傷跡の意味は晶には理解できなかった。ついうっかり晶との約束を忘れたのだろうか。まさかわざと別の道を通って駅まで行ったんじゃないよね。騙されたんじゃないよね。あれからずっとママに買ってもらうはずだった貝殻のネックレスを探している。


「お母さん、例の作戦うまくいったみたい」

「だから大丈夫だと言ったのよ。きっとあきちゃんは気に入るだろうと思ったわ。買ってきてよかった」

「相当気に入ったみたいよ。抱いたまま離さないもの」

「ほんとにぬいぐるみが好きなんだねえ」

晶が京都に来る前からどこに行くにも背負っていたぬいぐるみは、幼児が口の中に入れたりして不衛生だったので新しい猫のぬいぐるみに差し替えられてしまった。新しいぬいぐるみはまるで人間の赤ん坊のように首に涎掛けを付けた、つぶらな瞳の子猫だった。

「ママ、今日ね、本屋さんですごく怖そうな本を買ってきちゃった。どうしよう」

『吸血鬼ゴケミドロ』という特殊撮影を用いた恐怖映画をテレビで観て以来、本気で宇宙人が地球を侵略しに来ると信じた晶は怖そうな話が苦手だった。それなのに何故か表紙の絵が怖そうな『怪人二十面相』という本を買ってきてしまって読む前から怯えていた。ところが、『怪人二十面相』を1ページ開いた途端、晶は毎日寝食も忘れ、ミステリーに熱中するようになった。江戸川乱歩以外にも、少年少女向けに書かれた海外のミステリーも貪るように読み耽り、扁桃腺が腫れて熱を出した時は学校を休んで、一日中寝床で本を読んでいた。よく扁桃腺が腫れて学校を休んだにもかかわらず、そして努力が嫌いだったにもかかわらず、この頃から体育と音楽以外の晶の成績は常にクラスでトップだった（ただし、運動神経とリズム感の悪さはどうにもならなかった）。母親の響子は、この子の頭の良さは、幼児期における両親の絶え間ない夫婦喧嘩が脳に刺激を与えたためだと科学的根拠のない、しかも自分にとって都合のいい解釈をしたが、実際には読書量の多さが脳に刺激を与えたのだろう。脳への刺激は、ユニコーンの角のように異常に鋭く発達した感受性に変わった。小学生の頃の晶は「この世で最も哀しい言葉は『せっかく』だなあ」と考えるような、すでに人生の空しさを感じ取っているかのような子供だった。子供の頃は小説というフィクションの世界で謎を追い掛けていた晶だったが、やがて成長した暁には自然科学の世界で生命現象の謎を追い掛けることになる。響子は成績優秀な晶を精神科医にして、自分に精神分裂病の診断を下した医師の誤診を証明させようと考えていた。不協和音が鳴り始めていた。

「東京・京都　二都物語」編　終わり

「ミレニアム・アメリカ留学」編（春夏秋冬）

「晶、ぼくね、将来もっとビッグな猫になりたいと思ってるんだ」

子供の頃からずっと晶のそばにいるぬいぐるみには魂が宿り、次第に飼い主である晶とテレパシーで会話するようになった。しかし、にゃん太は元々ぬいぐるみなので（人間である晶が成長して大人になっても）彼はまだ子猫のままだった。

晶は神戸の紅英歯科大学に入学し、祖母の澄美子と同じ歯学の道に進むことになった。歯科大学と医科大学の入試に合格した時、響子は晶が歯科大学に入学することに反対し、大学生となった晶に対して、すぐに退学して医学部に入り直すように強く命じたのだが、子供の頃とは違って、晶は母親の思い通りにはならなかった。この時の歯科か医科かの選択に関しては、のちに振り返ってみて晶は正解の方の選択肢を選んだと思う。研究者としての師匠になる吉田松二先生が紅英歯科大学にいたからだ。吉田松二というサムライのような名前の助教授は、大学に入学したあと、特に目的もなくブラブラしていた晶に「研究しに来ない？」「将来研究者として育てたい」と声を掛けてくれた。吉田先生はその後も何かと晶に目を掛けてくれて大学院に入る前から度々研究室に呼んで研究者の真似事のような事をさせていたのだが、その裏には将来、世界に羽ばたく立派な研究者に育てようという遠大な目的があったらしい。その後、吉田先生の目論見どおり晶は研究者になるにはなったが、師匠のおっしゃる「立派な研究者」とは何なのか、とうとう分からないままに終わった。晶は分からないことがあると、よく師匠に「どうしたらいいですか？」と聞きに行ったのだが、師匠の答えはいつも「正しい事をしなさい」「今に分かる」の二つで、禅問答をしているようだった。具体的に「正しい事」とは何か、今に「何が、分かる」のか、さらには「今に」とは一体いつなのか、晶には未だに分からない。優しそうな顔をして、師匠の教えのほんとうの意味は「正しい事」とは何なのか自分の頭で考えて答えを出せという大変厳しいものだったに違いない。

吉田先生の厳しくも温かいご指導の下、晶は大学院の博士課程を無事修了し歯学博士になったのだが特にこの頃から母親の響子の精神状態は再び揺らぎ始めていた。響子は家の外では娘の学歴の高さと博士の称号を自慢し続けていたが、内心は高齢化している両親に、そして両親に頼れなくなったあとの自分の生活に不安を抱いていた。晶だけが祖父母から可愛がられ、高学歴で、幸せでいるのに対して、自分は学歴も力もなく不幸なままでいるという、被害妄想に陥っていた。晶が何気なく言った些細な言葉に対しても揚げ足を取り、ヒステリーを起こして大声を上げた。

無性ににゃん太の顔を見たくなった。

「どうしたの？　晶⁇」

「顔をよくみせてごらん」

隣の部屋の隙間から洩れてくる薄明かりをあてて、にゃん太の顔をしばらく見ていた。それから暗い部屋の中で抱き寄せて、その小さな塊の弾力をずっと確かめていた。

大学教員になって初めてのボーナスで晶は新しいパソコンを母親にプレゼントした。響子は若い頃から女流作家に憧れていて、パソコンを使えるようになればワープロのソフトを使って小説も書けるし、インターネットを利用して世界も広がるだろうと考えたからだ。パソコンが届いたとき、響子は、最初は大喜びした。しかし、パソコンのセットアップには時間が掛かることを響子は知らなかった。使ったことのない機種のパソコンをネットにつなぐのに晶が手間取っている間に響子は何度も「まだなの？」「まだなの？」と聞いた。パソコンの画面を見ながら「まだだから、もう少し待って」と答えた晶に対して響子は叫んだ。

「どうせあんたが自分で使うために買ったパソコンでしょ！」

せっかくの高額なプレゼントだったが、響子がそのパソコンを使うことはその後なかった。その後怒りが収まらない響子は娘を家から追い出した。晶はすでに社会人になっていたので自分の収入からアパートの敷金・礼金を遣り繰りし、住まいを転々としながらにゃん太と二人、否、一人と一匹の生活を始めた。

そんな時だった。中田教授から「早瀬先生のアメリカ留学が決定しました」と宣告されたのは。


—マサチューセッツ通信Ⅰ—

同門会の先生方、こんにちは。マサチューセッツ州のR大学に留学中の早瀬です。4月1日に日本を出発してから、もう1カ月近くになりました。今回は1カ月前の出発の日の様子を紹介してみようと思います。

「１カ月前」

１カ月前の私が何をしていたかというと、ＲＣタクシーのシャトルバスで祖母と母と一緒に空港に向かっていました。一番空港に見送りに行きたがっていた祖父は、体調が悪く、動けなかったため、自宅前でシャトルバスに乗り込む私を見送ってくれました。ほとんど動けないのに、玄関まで出てきて笑顔で手を振ってくれたので、私も祖父に手を振って別れを告げました。祖父は泣いていなかったけど、私は出発の日のことを思い出すと今でもこの原稿を書きながらでも涙を抑えられません。それでも、こんな家族に心配をかけてまで私はアメリカに行かなければならない、と思いました。シャトルバスは渋滞に巻き込まれることもなく、順調に空港に近づいていきました。本学からＲ大学に留学するのは私が最初のうえ、私はほとんど海外の経験がないので、まったくの未知の世界でしたが、「いよいよ女性たった一人でアメリカに乗り込むんだー！　本学初の試みだ！」と思うと、闘志が湧いてきました。とにかく無事にボストンに着くことだけ考えることにしました。

飛行機に乗ってからは、これが私にとってほんとの海外一人旅で、お供をするのは小さなぬいぐるみ一匹だけでした。今回のフライトは、空港からサンフランシスコが約９時間、サンフランシスコからボストンが約５時間、乗り継ぎの待ち時間が３時間ぐらいで、以前ワシントン経由で行ったときよりも楽でした。前に一度、挨拶をしにウースターに行ったことがあるので、もうセキュリティーチェックの厳しさだとか入国審査の要領も分かっているし、サンフランシスコの空港では、書類の不備もなく、スーツケースの受け渡しもうまくいって（同行したぬいぐるみもなんなくセキュリティーチェックと税関を突破！　ビザなしの密入国に成功しました）ボストン行きの飛行機に乗るまでの待ち時間が長いので、しばらくぼぉーっとすることができました。今回、乗り継ぎ回数を少なくしているのと、サンフランシスコの空港がすごくわかりやすかったのが幸いして一人旅でも楽勝でした。飛行機は定刻どおりサンフランシスコからボストンへ向かい、ボストン上空の飛行機の中から暗闇のなかにところどころ光るオレンジと銀色のビーズが見えてすごくきれいでした。飛行機のすぐ目の前にはオリオンの星座がまるで出迎えてくれるかのように光っていました。

4月末記す

晶の留学先は最先端の再生医療で人間の鼻の形をした軟骨を再生しているという大看板を掲げた有名なラボだった。

―マサチューセッツ通信Ⅱ―

同門会の先生方、こんにちは。海外特派員の早瀬です。今回はガチンコ！ファイトクラブだったら、「またしてもとんでもない事態がっ！」とナレーションが入りそうな展開になってきました。5月と6月はいろいろなことがありましたねぇ。

「51　Ichiro Suzuki　RF」

5月18日は、ボストン・レッドソックスとシアトル・マリナーズの試合を観に、ボストンのフェンウェイ球場へ。この日は5月だというのに雪まじりの雨の日で、試合もやってるかどうかわからなかったけど、球場にいってみて中止だったら帰ってくればいいし、はじめから諦めて球場まで行かずに試合が行われていたら後悔するという理由で、ボストンに向かいました。今回の留学の目的の一つは、イチローを観にいくことで、わたしは日本国内でも球場で本物の野球を観たことがなかったので、どうしてもこの試合は観にいきたかったんですよね。生まれて初めて観た野球の試合は大リーグ、しかもピッチャーはマルチネスでした。

雨のため、定刻の1時を過ぎても一向に試合が始まる気配もなく、寒くて耐えられないので、売店に温かいコーヒーやホットドッグを買いにいきました。暇なので、おみやげにレッドソックスの帽子を買ったりして、それだけでも「これが球場だっ！」という雰囲気を味わいました。結局3時ごろになって、試合が始まって、いきなりトップバッター、イチローがでてきました。ピッチャーがマルチネスだったため、三振に倒れ、この日のイチローはヒット1本しか打てませんでした。それでもイチローの打席がまわってくる度に、大スクリーンに映し出される、ちょっと変な笑顔のイチローを見るだけでも、ワクワクしました。

フェンウェイ球場は最も古く、最も狭い球場で、ライトで守っているイチローがすぐ目の前にいて、臨場感たっぷりでした。観客全体がレッドソックスのファンなので、イチロー死ね死ねコールが吹き荒れるなか、無事にレッドソックスの勝利で試合は終了しました。

「手紙」

イチローの試合からしばらく経ったある日、ラボにいたわたしの元に1通のエアメールが届いて、宛名を見て驚いた。日本を出発するまえは、お互いほとんど口も利かなくなっていた母からの手紙だった。手紙の内容はここには書けないけれども、わたしは悲しみのあまり、その手紙を一度しか読むことができなかった。誰もいない、てんとう虫の死骸だらけの廊下の片隅でしばらく泣いていた。

手紙と言えば、以前、祖母が春物のコートを送ってくれたときも、手紙が添えてあって、「おばあちゃんから手紙貰うのは初めてだな……。結構字が上手だったんだ……」と不思議な気分になったことがある。今までは手紙を送る必要もないほど近くにいたのに。

家族からの手紙以外にも、本学の先生方、そして日本にいる友人たちから続々と励ましのメールを送っていただきました。どの手紙もほんとうに温かいものばかりでした。

「終局」

技術員のマーガレットが「これは水でもアルコールでも消えないペンだからアキラにあげる。他の人には使わせちゃだめよ」と言って、ラボ用の素晴らしいペンをくれてから2、3日後、5月31日の講座内でのカンファレンスで、ヴィスカルディ教授からZ大学の教授選に通ったという報告があり、講座内はパニックになった。

元々ここのラボは、ほとんどグラントを取ってなくて金が無いと言っている（借金はあっても）状態でヴィスカルディ教授の虚名だけでもっているようなものだったから、教授が移ればラボはいつまで続くかわからなかった。舞台がZ大学に移れば、今までのようにR大学でのんびりと研究を続けるという訳にはいかないし、学歴のない者や外国人、用のない者から容赦なく切り捨てられていくだろう、と思った。5月31日を境にラボは空中分解し、今から就職活動をしなければならない立場のマーガレットに、いつものように笑いかけてくれた彼女にわたしは何も言えずにただ呆然としていた。

6月末記す

再生医療の総本山とも言えるラボに留学してすぐに分かったことが二つある。一つは人間の鼻を再生したというのはヴィスカルディ教授がマスコミの前でかましたハッタリ（鼻の軟骨っぽいものは時間が経てば消えてしまう）だということ、もう一つはヴィスカルディ教授が「ヒトの体の中にはどんなに厳しいストレスにも耐えられて、あらゆる臓器に分化する seed leaf-appearance cell という小さい万能細胞がある。seed leaf-appearance cell を発見し、ネイチャーに発表したい」という妄想に取り憑かれていたことである。

同じラボに留学していた日本人医師のN先生は「忍者ハッタリくんかぁ……」と、トホホな感じでため息をついていた。seed leaf-appearance cell 教の教えについては、N先生はヴィスカルディ教授にとっての青春か新興宗教のようなものだから仕方がないと諦めていた。同じラボにいた真面目な研究者は誰も seed leaf-appearance cell 教の教えを信じていなかった。死にかけの小さい細胞を一生懸命培養しているヴィスカルディ教授のことをおかしくなった人だとみなしていた。

晶のアメリカ留学から10年以上経った２０１４年のある日、ＳＴＡＰ細胞の新聞記事を目にした晶は大学院の後輩に電話して「今度のＳＴＡＰ細胞もハッタリだってバレたら日本中えらい騒ぎになるなぁ」と言った。その電話を切り終えた直後にネット上で小保方氏の論文に対する疑惑が浮上した。

晶の留学先のラボはクローズすることが決まって以来、研究員はほとんど来なくなり、デスクやベンチの前は無人状態だった。晶は家族の前ではラボの話を一切せず研究は順調に進んでいるとだけ言っておいた。師匠である吉田先生にはアメリカから国際電話を掛けてラボの状態を話し、留学は中止するかもしれないことを伝えた。吉田先生は随分心配して「日本でも研究はできる。もう、日本に帰ってきてもいい」と言ってくれて、元々自分から留学したいという気持ちはまったくなく、内心「早く日本に帰りたいなぁ」としか思っていなかった晶は帰ろうと思えば帰ることもできたのだった。そんな晶をアメリカに留めたものはシャーレの中の培養細胞だった。立体的な構造をとる臓器を再生させるためには細胞の足場となるスキャフォールドが必要であるというのが再生医療における定説だったが、留学先で晶が培養したウシ骨膜由来細胞はシャーレの上で既に細胞同士が重なり合った立体構造をとっていた。それまで晶はシャーレの上で単層構造をとる培養細胞しか見たことがなかったから、他にはない特徴を持ったユニコーンのような細胞に興味を惹かれた。重なり合って真っ白に見える骨膜由来細胞を見付けた時、晶は無人となったラボに一人で残って骨再生の研究を続けることにした。全身研究者とまではいかなくても、自分の中にひと筋でもふた筋でも研究者の血が、研究者の本能が流れていることを自覚した瞬間だった。

同門会の先生方、ご無沙汰しています。未だにウースターに居残り中の早瀬です。先週はこの冬初めての雪が降りました（今は10月です）。来月からは、シベリア流刑地とも島流しとも言われる厳しい冬が始まると聞きました。研究の方は、実験計画も定まり、日本への帰国時期も決まって、もうゴールが見えてきた感じがします。今回のマサチューセッツ通信は、涼しい夏から短い秋までの話題です。

「夏」

独立記念日は日本人にはあまり馴染みがないけれども、アメリカでは一大イベントのようで、前日から盛大に花火が打ち上げられる。独立記念日の時期になると、夏でも涼しいウースターもさすがに蒸し暑くなってきて、花火大会もあることだし、場所はアメリカでも、気分は「日本の夏、金鳥の夏」という感じになってきた。日本の花火師は手先が器用だから、ものすごく凝った仕掛けの芸術的な花火をつくるだろうけど、アメリカの花火はそれほどでもないだろうと思っていたら、意外に日本の花火に勝るとも劣らないほど美しかった（花火はアジアから輸入していると聞いたけど）！　自分のアパートの前で花火を見物できるので、日本の花火大会のようにわざわざ遠くまで行って、人ごみの中で押し合いへし合いすることもなく、かえって日本で花火大会を見にいくよりもよかったかもしれない。打ち上げ場所がアパートのすぐそばにあるらしく、音と振動が物凄くて、機関銃を撃ちまくるような音と、爆弾が炸裂するような音が入り混じる中で、振動のため誤作動した自動車の盗難防止アラームがさらに鳴り響くというすごい迫力だった。目の前に、星雲が広がり、枝垂れ柳のような軌跡を描いて流れ星が降ってくる。だんだん夜空に吸い込まれそうな気持ちになってきて、とても楽しめた。ウースターではこれが唯一の夏らしい記憶だ。

「Admiral Yamamoto」

8月に入ってから、これまでの留学生活を一変させるものを導入した。日本を出てから4カ月が過ぎ、アメリカ人やアメリカ人以外の英語圏の友達もできたのに、わたしの英語力はさっぱり伸びていなかった。そこで、英語圏の友達との communication のため、思いきってケーブルテレビを導入することにした。アメリカは、日本と違って、ケーブルテレビに加入しなければテレビを見ることができない（どこの家庭もすべてケーブルテレビなので、それぞれのうちで見ることのできるチャンネルが異なっている）。節約のため、今までテレビを見ないで我慢していたが、英語の勉強に使う金をケチってはならない、ということにようやく気がついた。

テレビが見られるようになってすぐのころ、チャンネルの切り替え時に偶然見たある映画にショックを受けた。「あ、この人、日本人？」と思って、なんとなく懐かしくなって見てしまった古い映画はアメリカと日本が戦争している映画で、日本側の司令官は Admiral Yamamoto、彼の乗っている戦艦が Career YAMATO だった。これを改造して波動砲とワープができるようにすると、宇宙戦艦ヤマトになるのか、とか、Yamamoto って山本五十六のことじゃないのか？　と思いながら最後まで見ていたが、ショックを受けたのは山本五十六以下、日本軍の全員が流暢な英語でしゃべっていたからで、日本人から見ると、歴史的にあり得ない場面でもアメリカ人は平気らしい。英語をしゃべる山本五十六のおかげで、「これはもっと語学の勉強をして、せめて日本人の側からだけでも、他の国のことを理解しなければ」という意識を持つようになった。理系なので、歴史の知識に乏しいわたしは、アメリカと日本が戦争する映画といえば、パール・ハーバーしか思いつかなかったが、現代日本史に詳しいK先生に「山本五十六って大和に乗ってたんですか？」と聞くと、０・５秒ぐらいで、「ああ、ミッドウェー海戦ですね」という答えが返ってきた。

「Anime」

アメリカで放送している日本のテレビ番組は、Food Network の Iron Chef と Cartoon Network の Hamtaro、Dragon Ball Z などで、Iron Chef と日本のアニメはアメリカでも有名らしい。Iron Chef の中では鹿賀丈史だけが、英語吹き替えにならずに、日本語のままでしゃべって英語の字幕が出ているので、「この男は山本五十六を超えた！」と思った。あの台詞回しを真似できる人が誰もいなかったんだろう。アメリカ人には真似できないもう一つのものはアニメで、アメリカ製の cartoon は、画は小学生が描いたみたいだし、内容はもっと詰まらなくて、「戦争では負けたが、アニメでは勝った」と思った。手塚治虫先生に限らず日本の漫画家、アニメーターはみんな画が上手い。「朝から晩まで、毎日、日本のアニメを放送しろー！」と心の中で祈りながら、ハム太郎やドラゴンボールZの英語バージョンで、毎日英語の勉強をするようになった。

「彼岸花」

アメリカの人たちは７月に入ると、２週間くらいバカンスをとって、旅行に出かけるのが普通みたいだ。わたしは７月も８月も休まずに大学に行ったので、９月になったら１週間、休みをとって、ある目的のために日本に帰ろうと思っていた。９月20日はヴィスカルディ教授のお別れパーティがあるので、その翌日の21日早朝、ボストンから出発する予定を組んでいた。実際には予定していたより早く、September 11th の翌日にボストンを出発した。その理由は、本学のH先生から同期生が留学中にボストンで死んだという知らせがメールで来たからで、葬儀に合わせてすべてのスケジュールを調整しなおした。日本に帰ったら、天ぷらやラーメンや寿司を食べて、毎日がご馳走三昧で、友だちにも会って……、と想像していたのに、同期生の葬式で久しぶりに友だちに会うことになるとは夢にも思っていなかった。葬儀には出たくないような気がしたけれども、現在ワシントンに留学中の同期のY先生から俺の分まで拝んできてくれというメールが来ていたので、エスケープもできなかった。その同期生の実家は、奈良の国立公園のそばにあって、周囲にまだたくさんの田んぼが残っている、風光明媚といってもいいようなところだった。バスから降りて歩いていくと、田んぼの端のところどころで、真っ赤な彼岸花が咲き始めていて、これからは毎年、彼岸花を見る度に藤本君のことを思い出すと思った（晶が院生の頃、藤本君が研究室を訪ねてくれたことがあった。その時、晶は不在だったのだが後で聞いた話では、藤本君はアメリカに出発する前に同期生に会いにきてくれたのだった）。葬儀のとき、ボストン大学から「わたしたちは君が日本に帰るために姿をみせなくなったと思う」という内容の英語の弔辞が届いていた。せめて生きている内に藤本君にメールの一つも送ればよかった、という後悔しか残っていない。あの時、藤本君に会えていたら……。お互いに留学中でアメリカにいると知っていたら……。

元々、私が日本に帰ってきた目的は、厳しい冬に備えて、着るものや食料、生活用品、そして、娯楽用に本とCDを取りにくることだった。まだケーブルテレビを導入するまえの娯楽のないとき、帰国直前の奥寺先生（ネイチャーに論文が載ってる人）からいただいた一冊のマンガ『黒猫の三角』

（原作・森博嗣）に触発されてミステリーが恋しくなったので、（輸送の途中で傷めるのが嫌で留学前には全部日本に置いてきた）ミステリーの本の何冊かをどうしても取りに帰りたかった。本屋に行って新たに英語の勉強になりそうな本を仕入れてきたり、本やＣＤを輸送用のぷちぷちに包んでもう一度ウースターに向けて再出発する準備が整った。

10月末記す

同門会の先生方に向けて晶が発信したニュースレター原稿を読んで春雄は感嘆していた。
「晶の書いた文章は上手いね。特にフェンウェイ球場の描写は臨場感があって読む人の目の前にイチロー選手が見えるかのように書けている。それにひきかえママは作家になりたいと言っている割に全然文章も書かないで」と、父親としては少し複雑な様子だった。
「また何か書いたらじいちゃんに読ませてね。晶の書いた文章楽しみにしてるから」

９月に一時帰国をして、もう一度晶はアメリカに向けて出発した。クローズしかけの廃墟のようなラボで最後まで研究を続けるために。４月に空港から晶の乗った飛行機が離陸した際は、銀河鉄道９９９が宇宙に旅立っていくシーンのように「これから世界に旅立つんだ。アメリカに行って、機械の体をタダでくれる星、じゃなかった、失われた体の一部を夢の再生医療で元どおりにする方法を見つけに行くんだ」と思っていた。のちに有名になった小保方氏も、アメリカ留学中に「夢のＳＴＡＰ細胞で医学の進歩に貢献するんだ」という信念のもと論文を書いたのではないだろうか。

ＳＴＡＰ細胞事件の時、晶は既に現役を退いていた吉田先生に対して心の中でこう問いかけた。吉田先生はよく「正しいことをしなさい」とおっしゃっていましたね。でも、もし自分が正しいと信じたことが間違っていたとしたらどうすればいいのでしょうか、と。

［晶、ぼくたちずっと一緒にいようね］
「『銀河鉄道の夜』みたいなこと言うね」
［近頃の人間どもの鉄道は宇宙まで行くことができるのかー。なかなかやるな！］
［晶、一緒に日本に帰ろうな］
「『ビルマの竪琴』みたいなこと言うね」
［ビルマ？　竪琴？　一体何の話？］
にゃん太の頭の中は綿が詰まっていてあまり賢くなかったが、晶は彼を人工知能搭載の天才ぬいぐるみに改造しようとは思わなかった。
［ところで今日のぼくの晩エサのメニューは分厚いビーフステーキにしない？　ぼくたちせっかくアメリカに来たんだし］
にゃん太は直接床に置いたマットレスの上でころころ転がりながらいつものようにエサの催促をした。
この年の秋、北米のサイエンスフィクション専門チャンネルで放送されたあるサスペンスドラマが晶の意識を変えた。日本にいた頃の晶は実験に失敗したり、少しでも嫌なことがあったりすると、吉田先生の所へいって「もうやめたいです」と、しょっちゅう弱音を吐いていたものだった（尤も吉田先生は悪たれ娘の扱いには慣れていて、晶がゴネる度に適当に受け流してくれていたのだが）。晶の持つ、目の前の障壁に対して粘り強く立ち向かう姿勢、戦いの場面において発揮されるサムライの血は、アメリカ留学時に見たクライヴ・バーカー制作のドラマによって培われたと言っても過言ではなかった。「血の本」シリーズを執筆した怪奇作家にしてホラー映画「ヘルレイザー」の映画監督としても知られるクライヴ・バーカーの新作ドラマ「聖なる罪人―Saint Sinner」の主人公は従来のアメリカンヒーローとは異なり、観ている方が「この人大丈夫か？」と心配になるほどオドオドした態度の、頼りなさそうなヒーローだった。そんなダメダメな若造が最後の最後になって、聖人の称号を持つ立派な人間でなければ封印できないはずの強大な女悪魔を封印するため、自分の命を捨てる覚悟で走ってゆく姿に晶は感動した。「ぼくは聖人じゃないから出来ません」と諦めている若造くんを励ましてくれた女性の「のちに聖人と呼ばれた人たちはみんな自分のことを聖人だとは思っていませんでしたよ」という言葉にも勇気を貰った。これから先、何年、何十年研究を続けたとしても、決して自分のことを偉い人間だとか、何でも分かっている立派な研究者だと思ってはならないと決意した。

やがて本格的な冬が到来した。

（晶の意志とは関係なしに）留学が決まった時、一番心配して留学に反対したのは春雄だった。もうアメリカに行くことは決定済み事項だったが、春雄はすぐにでも中田教授室まで押しかけていって札束を積んででも留学を中止させようとした。物事を金の力で解決するのは良くないことだと思った晶は祖父が札束を持っていくのを止めた。にゃん太と晶が留学中に暮らしていたウースターは冬には最低気温がマイナス20度を下回ることもあるマサチューセッツ州屈指の豪雪地帯だった。留学中に2、3回死にかけた晶は危険な目に遭う度に「あの時おじいちゃんに札束を積んでもらえばよかった」と後悔した。最初は帰国する日本人研究者から車を購入するために行ったボストンで道に迷ってしまい、警察さえ介入できない危険なエリアに入りかけた時で、その時は車のオーナーさんから電話ですぐに引き返すように言われて無事待ち合わせ場所に到着した。2回目は車の運転の下手な晶がカーブを曲がりきれずに止まっている花壇に激突し、その衝撃で晶の中で何かが（一体何が！）終わった時だった。「やっぱりあの時、札束を……」と思った。車は傷ついたが乗っている人間は無事で、結局、被害総額は花壇の土が飛び散ったことだけだった。3回目は極度の寒さのために車のバッテリーが上がった時で、大学の駐車場に停めておいた車が動かなくなってしまい業者を手配したのだが、広大な敷地内に駐車場が5つあったために場所を分かってもらえず、何時間待っても結局その日は誰も来なかった事があった。どうせ車は動かないのでその場に置き去りにしたままタクシーで家まで帰ったが（車は万が一盗まれても別のものを購入できるが、人の命は交換できないと判断したため）危うく愛車の中で凍死するところだった晶は「何で！　あの時！　札束を！」とひどく後悔した。家に帰るとにゃん太が~~一人~~【一匹】暖かい部屋の中ですやすや眠っていて、腹が立つので叩き起こしてやろうかとも思ったが寝顔が可愛かったのでそのままにしておいた。

研究で飯を食っているプロとして「留学先のラボが突然クローズしちゃって全然研究できません

でした」などと言うことは当然、晶のプライドが許さない訳だが、大学構内・凍死寸前事件のあとは「もう研究だの、論文だの言ってられへん！　事故に遭わない内に早く日本に帰ろう！」という気持ちに変わった。それに死ぬ時は異国の地ではなく、日本の土の上で死にたいと思った。藤本君が死んだ時、骨だけになって帰ってきたら家族がどれほど悲しむか思い知らされたからだ。日本人留学生の一人や二人死んでもたいして調査もされず単なる事故としてあっけなく処理されたと、告別式で誰かが言っていた。いずれにせよR大のラボは直にクローズするので、「あともう少しで実験が終わるからちょっとだけ待ってほしい」などと言い続け、終わる終わる詐欺の如くしつこく引き延ばすのももう限界だった。同じラボの講座員の中にはZ大学に移ったヴィスカルディ教授について行こうとしている者も何人かいた。元々金の無かったラボではデータ捏造が横行し、まさに末期の状態を呈していた。晶はにゃん太ともよく話し合った上で師匠である吉田先生が心配して待っている紅英歯科大に帰ることにした。凍死寸前事件の後もほぼ毎日ブリザードが降り続き、この頃の晶の日課は朝起きて雪の中から愛車を掘り起こすことだった。

最後のラボミーティングでは久し振りにまだR大学に残っていたメンバーが集まった。記念撮影したあとN先生が「早瀬先生！　ぼくは先生のことを」と言うので、一瞬告白みたいな感じになったが、結局、「先生のことを戦友だと思っていました」と言い終えた時、晶は意外な気がした。自分が女戦士か、もののふのように他人から思われていたことも意外だったがそれ以上に、呑気そうに見えていたN先生にとってもこのアメリカ留学は過酷な戦場だったのだと初めて気付いた。晶の世界デビュー戦は完全な負け戦だった。それでも負け戦だったからこそ、実戦経験を経て晶は戦いの本能に目覚めた。「聖なる罪人―Saint Sinner」の番宣に使われていた歌の歌詞が常に頭の中でこだました。「I'm not going down. 私は屈しない」。Saint でもないのに、ただの Monk の癖に強大な化け物に対して立ち向かっていった若者の姿がとても勇敢だったので、晶も駆け出しの研究者で、ただの紅英歯科大の助手だけど、有名な教授でもなんでもないけれども、「スキャフォールド無しで組織は再生しない」という定説を覆して自分が正しいと信じた研究を最後まで貫き通すことにした。

R大学近くの下宿先から日本に向けてすべての荷物を箱に詰めて送り、残った家具類はすごくでっかいゴミ置き場に捨てた。部屋が空っぽになったあと、にゃん太を連れてボストンの空港ホテルまで行った。

「晶は死なないよ。ぼくが守るから。無事、日本に帰してあげるよ」

「エヴァンゲリオンみたいなこと言うね」

「A．T．フィールド全開！」

にゃん太は意外と人間界のアニメ事情には詳しかった。

「A．T．フィールドの意味分かって言ってんの？」

「晶だって分かってないだろ！」

エヴァと言えば、まだアメリカに着いたばかりの頃N先生と語り合ったことがあった。晶が「シンジ君たち少年少女チームとミサトさんたち大人チーム。どちらかというと私は心情的には少年少女チームに属しています」と言うと、N先生に「早瀬先生、30過ぎてるのに図々しい」と叱られた。

日本行きの飛行機に乗る前にZ大学にいるヴィスカルディ教授の所へ最後の対決もといい、【挨拶】をしに行くことにした。本来ならこの人が留学先での師匠になるはずだった。しかし晶にとっての師匠は吉田先生だけで十分だった。詐欺師まがいのハッタリといい、seed leaf-appearance cell 教への傾倒といい、いい加減な性格のヴィスカルディ教授についていこうという人間の気が知れなかった。

「論文が完成しました。スキャフォールド無しで骨が再生したという内容です（スキャフォールドが無ければ絶対に組織は再生しないというあなた方の定説を覆す内容です）」

「……ほんとうにスキャフォールド無しで骨が再生したのか？」

ヴィスカルディ教授は自分がそれまで想像していた結果と異なる結果を目にして少し残念そうに見えた。

「しかし、マウスの数が少なすぎるね。何でもっと実験しなかったの？」

「ラボがクローズしたので使用できるマウスの数はこれで精一杯でした（どの口がそんなん言うか？）」

「そのことでは私も責任を感じているので君もZ大学に来てもっと実験すればいい。今のマウスの数ではジャーナルには載せられない」

「今から日本に帰りますから」

「日本の大学が今、君に払っている給料の倍の額を払う」

「もう明日、日本行きの飛行機に乗るんですよ」

「一旦日本に帰ってからよく考えてみればいい。いつでもアメリカに戻っておいで」
「絶対イヤです！　二度とアメリカには来ません！（Z大学にも seed leaf-appearance cell 教にもまったく興味ないからな）」

ヴィスカルディ教授の話はとてもしつこかった。疲れ切ってホテルの部屋に戻ってきた晶はにゃん太を叩き起こして八つ当たりしてやろうかと思ったが、ふと見ると、にゃん太はホテルのベッドと一緒にベッドメイキングされていた。ベッドメイキングされた状態ですやすや眠っているにゃん太の寝顔はとても可愛かったのでそのままにしておくことにした。ぬいぐるみにも親切に接してくれたルームメイドさんに、持っていた小銭を全部チップとして置いて部屋から出た。

にゃん太に守られながら無事、成田空港に到着した晶は生きて帰ってきたのが奇跡のようでまだ信じられなかった。テレビ番組の企画で世界をヒッチハイクして帰ってきた猿岩石も、のちに出版された『猿岩石日記　Ｐａｒｔ２　怒涛のヨーロッパ編（１９９６年　日本テレビ放送網）』の中で、日本に帰ってきたのが「どうしても信じられない」と述べていたので、世界に行って、命辛々帰ってきた人間は同じことを思うのだろう。２０２０年、新型コロナウイルス感染症でお亡くなりになった志村けんさんのバカ殿の番組に、帰国直後の猿岩石が出演した時のコントを晶は今でも覚えている。

バカ殿「おまえらずっと姿を見せなかったな。今までどこに行ってた？」
猿岩石「……世界」

今では猿岩石の姿をテレビで見ることはないが、二人のうち一人はよくバラエティ番組で司会をやっている。

日本に到着した後、晶は短い東京観光を楽しんでから京都の実家に帰った。これでもう戦いは終わったと思った。ここからがほんとうの戦いだと知る由もなかった。

ミステリー作家の久生十蘭がフランスへ留学する前、（その頃の海外留学は大変な出来事だったにもかかわらず）出発の日は普通に友人と会話をしていて、ふと「ちょっとフランスに行ってきます」と言ってそのままさりげなく旅立ったというエピソードをカッコいいと思った晶は、アメリカから帰る時、「ちょっと近所のコンビニに行って戻ってきました」的な顔で実家に戻ろうと決めていた。久生十蘭の逆バージョンである。実際、家に帰ってきた日、春雄が「つい1日前に出ていって、もう今日帰ってきたかのような普通の顔で帰ってきたね。じいちゃん、それには感心したよ」と言った時は、晶は狙い通りだと思った。

「晶のお祖父さん、ぼくが晶を無事日本に帰してあげました。晶の留学中ぼくがずっと守ってあげました。そんなぼくを思いっきり褒め称えてください」

「いい猫だ」

とても嬉しそうに春雄は言った。

日本に戻ってきてから1カ月、毎日電車に揺られて職場に行って留学前と同じ日常の中にいると、ちょっと前まで自分がボストンだのワシントンだのを歩いていたのが信じられないと晶は思った。天井までの距離が遠くて広大な空港ターミナルの通路。サムソナイトを引っ張りながら、ちっぽけな猫を連れて歩く駆け出しの若い研究者。コーヒーショップの馥郁とした香り。いつか夢のように思い出す時が来るのかもしれない。

それから10年、吉田松二教授の退職記念講演の日がやって来た。

吉田教授が大学を去る少し前、晶は教授室に行って師匠と話をした。半分お世辞、半分本音で「吉田教授がいなくなったら寂しいです」と言うと、吉田教授に「早瀬先生は一人でもやっていける。大丈夫」と断言され、（こんなにか弱い女子なのに、鉄の女みたいに言われると心外だなー）と晶は内心思った。最後に、今まで幾度となく師匠に聞き続けた質問を、「どうすればいいですか？」という問い掛けを吉田教授に聞いてみた。どうせ返ってくる答えはいつもと同じだろうと思いながら。最後の質問に対する吉田教授の答えはこうだった。

「早瀬先生、自分がやりたいと思ったことをしなさい。大学のためでもなく、講座のためでもなく、研究でも、教育でも、自分がほんとうにしたいと思ったことだけをしなさい」

ＳＴＡＰ細胞事件でマスコミが大騒ぎしていた時、晶は、ＳＴＡＰ細胞は本質の部分で seed leaf-appearance cell に似ていると思った。結局、ＳＴＡＰ細胞には再現性がないことが日本中に知れ渡ったが、そんな折、東京に住んでいた晶の親戚の忠司さんがステージ4のがん告知から5年経って、旅行で大阪に来た。「大阪と言えば、道頓堀、道頓堀と言えば、づぼらやさんのでっかいフグでしょ！」ということで自分でも「そんなベタな」、と思いながら晶はフグ料理の予約をした。

実際フグを食してみて、やはり定番になるものにはそれだけの理由があると分かり、晶は心の中でフグに謝った。話題がＳＴＡＰ細胞のことになると忠司さんは、「もしかしたら自分が生きている間にＳＴＡＰ細胞による治療が間に合うかもしれないと、一瞬でも思わせてから絶望を与えた小保方さんが許せない」と言っていた。フグ料理はほんとに美味しかったので、また大阪に来たら一緒にづぼらやさんでフグを食べる約束をしていたのに忠司さんはその後大阪に来なかった。２０２０年、新型コロナの緊急事態宣言のあと、づぼらやは閉店した。

吉田松二教授退職記念講演では、教授ご自身の研究テーマに関して、最後まで後悔が残っていると述べておられたのが晶の印象に残った。吉田教授がまだ若手研究者だった頃、自分が正しいと信じる説は当時の学会の大御所と言われる研究者たちの説とは相反するものだったが、後になってやはり自分の説が正しかったと分かった。自分を信じて突き進めばよかったのだ、と。若い頃の吉田教授が為しえなかった分、相手が有名な教授だろうが大御所だろうがハッキリとノーと言う晶には、自分が正しいと思った研究を貫き通すような研究者でいてほしかったのかもしれない。教育に関しては、「大学は国家試験のための予備校ではない。学生の考える力を育てる教育を！」と述べられ、その教育方針は、そのまま晶に引き継がれた。

吉田先生が大学を去った後も、ここが次世代のサムライ歯科医師を育てるための現代版松下村塾であることには変わりがない。今日も研究室には何人かの学生が遊び否、【学び】に来ていた。

「以前、自分の魂を二つに分割して、半分にゃん太にあげたから、最近、魂が半分しかなくて疲れやすくて困ってるんだよねー」

「早瀬先生がこんなん言わはった時、どう受け答えすればいいと思う？」。困惑した顔でI先輩は後輩のS君に尋ねた。

「魂を返してもらえばいいんじゃないですか？」

もうかなり前から晶の魂の半分は失われていた。

「ミレニアム・アメリカ留学」編　終わり

「黒い羊」編（夏）

あるエゴイストの歌
僕を素通りしないで
僕を愛して
僕を救って
僕を受け入れない人間は悪魔だ
僕に謝って、謝って、謝って……

「毎日、平和で快適だなー。夏はエアコンガンガンにかけて涼しいし、冬でも心はあったかだし。最上階の部屋だから眺めはいいし。旅行に行かなくても、我が家自体がホテルのスイートルームみたいなものだね。晶がこんな素敵な部屋に住むことができるのも、半分はぼくが一生懸命コツコツ貯めた小判のおかげだね」
「特に夕暮れ時の変わってゆく空の色がきれいだね。何度か写真に撮ろうとしたけど、どうしても肉眼で見た時の色彩の美しさには及ばなくて」

「ぼくのおかげでこんなにラグジュアリーな毎日を過ごせるようになったんだから今日のぼくの晩エサのメニューは神戸牛のステーキにしようよっ、ねえっ」

「確かにこの部屋きれいなんだけど、清潔大好き人間としてはキッチンの油汚れがどうしても気になるなあ。中古のマンションだから前の人が使ってた頃の汚れがずっと残ってるし。今まで我慢してたけどそろそろキッチンのリフォームでもしてみるか？」

　近頃のガスコンロは色もデザインも豊富でおしゃれだ。ガス会社のサイトで商品カタログを見ていた晶はせっかくリフォームするならコンロの天板の色を可愛い桜色にしようと思った。ガス会社に電話して申し込みをすると早速、担当のKさんが来てくれて取換え工事の段取りもすんなり決まった。しかし、晶たちが住んでいる家は一戸建てではなく、マンションであり、以前から足音などの騒音や共用スペースの利用に関しては~~うるさ~~【厳し】かった。今回のリフォームについては周囲の人にどう思われるか少し不安だったので、隣の住人や管理会社に前もって連絡したほうがいいとKさんに伝えた。Kさんは快く引き受けてくれたので、その点も安心して晶は真新しいガスコンロの到着を待っていた。そんな時、ガス会社から急に予定変更の電話が掛かってきた。管理組合が難色を示しているので多分工事はできないだろうという話だった。賃貸の物件でもないのに何故ガスコンロを新しい物と交換してはいけないのか不思議に思ったが、晶はガス会社から聞いた管理組合の電話番号に電話することにした。

　最近よくマンションから届けられる連絡の紙に名前が載っていた浅沼という人が電話に出た。

「キッチンのガスコンロの油汚れがどうしても気になるので新しい物と交換させていただけないでしょうか？　よろしくお願いいたしまーす」。晶は最大級のかわい子ぶりっこをしながら熱心に頼んだ。

「リフォーム業者には悪質な業者も多く、今もいくつかの業者と訴訟をしているところです。リフォームをするには管理組合の許可が必要です。書類を提出してもらう必要があります」。そう言えば最近、マンションの総会の報告には、リフォーム業者がどうとか訴訟がどうのと書かれていたが、適当に読み飛ばしていた晶にはその意味がまったく分からなかったし、興味がないので分かろうともしていなかった。

「すいませぇーん。今までリフォームをしたことがないので全然分からないものですからー。管理組合のことも、書類のことも、まったく何も知りませんでしたー（他人に興味ないからな）。すぐに書類を提出いたします」と、晶が表面上は丁寧に謝ると、自分の思い通りになったことに対して相手はすっかり気を良くしたようだった。

「そういうことでしたら仕方がないですね。こちらのほうでサポートさせていただきます！　分からないことはお教えしますので何でも聞いてください。管理組合のほうは大丈夫ですよ。必要書類は郵便受けに入れておきますので管理人に提出してください」

郵便受けには赤色で『**重要**』の２文字が表示された封筒が入っていた。中の書類には専有部のリフォームには管理組合の許可が必要だと書かれていた。マンションを購入した当時、管理人さんに聞いたら、自分の所有する室内は何でも取り付けて構わないという話だったのにいつの間に変わったのだろうかと晶は驚いた。少し前に管理会社とマンションとの間でトラブルが起きたらしく管理会社が突然撤退し、今は別の管理会社に変わっていたが、その件に関してはもう済んでしまったことなので晶は詮索も口出しもしなかった。その後の大規模修繕工事も無事完了した。以前、専有部のリフォームについて連絡の紙が来た時は、晶は自分とは関係のない話だとして読み飛ばしていた。それまで分譲マンションに住んだことのない晶には専有部の意味がよく分からなかったし、室内をリフォームするのに、当然、他人の許可は要らないと思っていたからだ。

リフォームする場所とリースする商品の型番、担当者と業者名を書いて早速書類を提出したが、管理組合からの返事は晶が要望を出した内容とは異なっていた。管理組合が選んだ業者によるリフォームが許可され、リース契約は認められなかった。リースしてもいずれは代金を払わなくてはならないので一括購入でも構わなかったが、天板の色を可愛い桜色にすることだけはどうしても譲れなかった。管理組合が指定した業者に対して天板の色が銀色なのが気に入らないと文句を言って、桜色の天板の商品を探させた後やっとリフォームすることに決まった。

リフォームに関しては契約書を管理組合に提出する必要があるので、以前電話で話したことがある浅沼氏が部屋まで来て説明をすると言ってきた。晶は赤の他人に部屋に入ってほしくないので押印が必要な箇所すべてにハンコを押して事前に準備し、ドアの外の廊下で浅沼氏と話をした。

にゃん太はいつものように布団にくるまって眠っていたが、異常な気配を感じ取ってドアの外に向かって聞き耳を立てた。そして玄関に備え付けられた鏡に、ドア越しにでも分かる邪悪な影が映ったのを見た。

（これは大変なことになった……）

にゃん太の悪戦苦闘の日々の始まりだった。

今年に入ってからマンションの管理組合から住民全体に頻繁に連絡が来るようになった。しかし、晶を含めた住民のほとんどは訴訟問題に興味がなく、順番で役員をしているお宅以外は総会にも欠席の返事を出すだけだった。訴訟問題に関する説明会は参加したのがたったの１軒だけだったという怒りに満ちた報告がマンションの掲示板に貼り出されていた。

念願の桜色の天板のキッチンを手に入れた晶はこれでもう心置きなく仕事に邁進しようとしていた。コロナ禍で遅れが出た分を取り返したかった。仕事で疲れていても家に帰ってにゃん太の顔を見ればほっとした。いつものように寝室でにゃん太と一緒に眠りにつこうとした時、晶は今まで聞いたことのない不気味な物音を聞いた。

カタカタ　カタカタ　ポツポツポツ……

電子音のようなザァーという音の混ざったラップ音が聞こえた。これは怪奇現象か、霊でも降りてきたのか、しばらく首をかしげていた晶は天井の照明を見て色が茶色っぽく変わっていることに気づいた。そして照明器具が故障している可能性を考えて部屋の電気を消した。ラップ音は止み、にゃん太と晶はそのまま朝まで眠った。

怪奇現象発生より少し前に話は遡る。

２０２０年は異例の長梅雨だった。にゃん太と晶が仲良く暮らしていた場所にも土砂降りの雨は降り続いた。激しい雨音を聞きながらにゃん太は考えた。

（しばらくの間、晶には大変な思いをしてもらうよ。でもぼくが必ず守るから大丈夫。あいつから晶を守るためにはもうこの方法しかない！）

ウルトラ　アルティメット　ぬいぐるみ　アタァーック　ニャァーッ

にゃん太の必殺技が屋上で炸裂し、雨水を排水するために取り付けられたドレインの繋ぎ目に命中した。

怪奇現象から一晩明け、明るい時間に異変のあった天井部分をよく見ると照明器具のカバーに茶色い水が溜まっていた。晶が見ている間にも水滴はぽたぽた落ちてきているようだった。ラップ音の原因は霊ではなく雨漏りだったことが判明し、にゃん太はすぐに別の部屋に移動した。晶はマンションの管理会社に電話して雨漏りの修理を依頼した。大規模修繕工事を請け負ったリフォーム業者が管理組合の浅沼氏と屋上を調べたが原因はよく分からなかった。幸か不幸か、皿状になった照明器具のカバーには雨水が溜まり続けたものの、家財道具には何も被害がなかった。晶は朝晩、ベッドを踏み台にして背伸びしながら天井の照明器具のカバーを取り外し、溜まった茶色い水を捨てた。リフォーム業者は「漏電の可能性があるので電気を点けないように」と言っていたが、すでに電気は消していた（完全に浸水し、いずれにしろ電気は点かなかったのだが）。日が沈むと、晶は自分の部屋の中で懐中電灯を照らして必要な物を取りに行かなければならなかった。

五日も経ってからリフォーム業者が水浸しになった照明器具を取り外し、雨漏りの箇所の下にバケツを置きに来たので、朝晩、皿に溜まった茶色い水を捨てる作業はしなくてもよくなった。リフォーム業者のMさんと一緒に管理組合の浅沼氏が写真を撮りに部屋に入って来て、作業後に、「明日からバケツに溜まった水の量を朝晩デジカメで撮影し、以前お渡しした名刺のメールアドレスに送ってください」と言った。以前キッチンをリフォームした際に渡された名刺には「キリストを信じれば天国に行ける」と書かれてあった。それは天国を信じていない晶にとって嫌悪の対象でしかなかった。Mさんと浅沼の二人が帰ってくれて清々していた時、何故か浅沼一人が戻ってきてインターホンを鳴らした。話があるというので、晶は警戒心を隠すため、再びかわい子ぶりっ子モードで、表面上にこやかに部屋の外の廊下で話をした。浅沼は宗教か訴訟の話をするために戻ってきたのかもしれないが、雨漏り以来睡眠不足で眼が腫れていた晶はろくに話を聞いていなかった。その後も雨は降り続け、天井からの漏水は止まらなかった。

部屋の電気が点かないため薄暗い中、懐中電灯で照らしながらの雨水の撮影には時間が掛かった。こちらのメールアドレスがバレるのは内心嫌だったが仕方なく浅沼氏にメールを送ることにした。朝、メールの送信をする時間がない時には撮影だけして夕方に送る時に２枚まとめて添付するつもりでいたのだが、メールが届くのを今か今かと待ち構えていた（らしい）浅沼氏からメールや電話で催促が来た。電話の着信履歴を見て折り返し電話した晶は、「今日の朝も、ちゃんと写真の撮影はしてますよ。家に帰ったら2枚まとめて送るつもりです。今、勤務時間中ですのであまり電話で話はできませんが」と説明した。本人は張り切ってメールしているつもりなのだろうが浅沼氏からの誤字だらけのメールを見て晶は不審に思った（濾水というのは雨漏りのことではなく、水を濾過することだ）。次第に、浅沼のメル友でもないのに朝晩メールのやり取りをしなければならないことを馬鹿馬鹿しく思った晶は、かわい子ぶりっ子とは真逆の内容のメールをズバッと送ることにした。

《〇〇マンション　浅沼様

ただでさえ雨漏りの件では迷惑しているのに、朝晩、暗い部屋の中での写真撮影に時間と労力を割かれています。今もこうして仕事の手を止めてメールを送っています。どうして1日に2度もメールを送らなければならないのでしょうか》

その後、溜まった雨水の量に大きな変化がなければメールは送らなくてもいいという返信が来た。

多くの住民が敬遠しているマンションの総会に関しては、理事長と浅沼の二人からヒステリックなまでの参加の要求が全戸に向けて届けられた。「正当な理由も無しに受任状だけ出して総会に欠席する住民が多い。次回から総会に欠席する組合員には理由書を提出させる」という怒りに満ちた予告状が掲示板に貼り出された。

結局、浅沼が大丈夫です、と自信を持って断言した期間内に雨漏りは止まらなかった。最初は雨漏りの原因が分からないとお茶を濁していたリフォーム業者のMさんは「屋上の排水用ドレインの繋ぎ目が原因かもしれないので塞いでおきました」と説明した。雨漏りの修理の際には必ずMさんと一緒に浅沼がくっついてきて話をしようとした。それでも一向に雨漏りが止まる気配はなかった。すぐに水を止めろ、だのと無理難題を言ったことは一度もなかった晶だがさすがに対応が遅すぎると思った。なぜ、浅沼の都合に合わせて修理してもらう必要があるのか理解できなかった。Ｍさんのメールアドレスが分からないので再度、内心の怒りを込めて浅沼にメールしたところ、Ｍさんからのお詫びのメールを浅沼は転送して来た。

《今、天井裏に残っている雨水が全部出ていけば雨漏りは止まるはずなので様子を見てください》

なぜＭさんが直接、当事者にメールを送らずにすべてのメールに対して浅沼が中継するのか晶は不審に思った。何かＭさんと直接コンタクトを取っては困るような事情が浅沼にはあるのだろうか。晶は以下のように反論した。

《多分、根本の原因は解決していないと思いますよ。この前Ｍさんに来ていただいて原因箇所を塞いだそうですが雨漏りの勢いは衰えていません》

天井裏に残った雨水があらかた出て行ったあと、再度やって来た大雨のせいでまたもやバケツには水滴がポタポタと降り続いた。

《やはり雨漏りは止まっていませんでしたね。思ったとおりでした。原因の箇所がまだ直っていないことがこれではっきりしましたね》

《もう一度リフォーム業者と一緒に作業をいたします。その時早瀬さんのお宅に伺って詳しい説明をさせていただきたいので早瀬さんがご在宅の時間を連絡してくださいませ》

《あいにく今度の土曜日は夕方まで戻りません。こんなに長い間、原因が分からないなら雨漏りの

原因がすぐ分かる業者さんを連れてくればいいと思います》

《浅沼さんの話を聞いても時間の無駄です。どうして私が浅沼さんの話を聞いてあげなければならないのでしょうか。こちらが知りたい情報は、①雨漏りの原因は何か？ ②水は止まったのか？この2点だけです。この2点についてのみ説明してください》

そして土曜日、晶が夕方マンションに戻ってくると浅沼はMさんと一緒に1階ロビーで待ち構えていた。また浅沼が部屋に入ってこようとしているなと思った晶はヒステリックな声で「水は止まりましたか？」と大声で聞いた。浅沼が「水は止まりました」と答えた。「あのぅ、これはどうします？」。Mさんは弁償用に新しい照明器具を買ってきていた。「部屋に置いときます」とだけ答えて浅沼の話には聞き耳持たないオーラを全面に押し出しながら足早に部屋に戻った。

《最後に自動火災報知器のカバーを取り付けなければなりません。○月○日の夕方ごろご在宅ですか》

《○月○日は大丈夫です》

その○月○日に浅沼は張り切って赤い上下のツナギを着て、カバー取付業者と一緒に当たり前のように部屋までついて来ようとした。

「今日作業をするのはあなたですか？ それではあなただけ部屋に入ってください。浅沼さんは部屋に入らないでくださいっ！」。かなりキツめの口調できっぱりと晶は断った。

「写真撮影をしなければならないのでどうしても部屋に入らなければなりません」

「写真は私が撮りますっ！」。晶は赤の他人を家に入れないために相当な大声で激昂した振りをした。

「あのぅ、写真なら作業が終わった時に私の携帯で撮影しますから……」

「7月中に直るといったのにもう8月ですよ。私がMさんに直接電話して文句を言います。浅沼さんの話を聞いても時間の無駄ですから」。浅沼抜きでMさんと直接話をするため、晶はヒステリックに芝居を続けた。

「精一杯対応しています。雨漏りが直らないのは雨が止まなかったからで、今、管理組合は裁判の問題も抱えていて、もうこちらとしてもいっぱいいっぱいなんです」。それはもしかすると同情を引くための芝居だったのかもしれないが、浅沼はその時孤独で寂しそうな顔をしていた。裁判はやりたくなかったら止めればいいので、晶はその不幸な牧師に同情はしなかった。

またマンションの総会の案内が郵便受けに入っていた。今度から、欠席者は理由書を提出しなければならないと書かれていた。そこで晶は次のような理由を考えた。

総会欠席の理由書　　早瀬　晶

先日来、このマンションではゴタゴタが続き、傍目から見ても最近のご近所トラブルは気分のいいものではありませんでした。マイホームを購入する人の大半は安らぎと温かさを求めて購入したはずです。家族やペットと過ごす時間は何より大切です。その人たちをどうしてそっとしておいてあげることができないのでしょうか。

この度の総会に欠席する理由は、人間として自由に生きる権利を守るためです。どうしても総会や裁判に参加したくない人たちを首に縄を付けて強制的に連行するつもりですか？　そのような考え方は軍国主義時代の日本と同じです。

と、ここまで書いて理由書を提出しようかとも思ったが、結局、晶は提出しなかった。理由書を提出したところで、攻撃のネタにされることは容易に想像できたからだ。

○○マンションにいない時は、浅沼は駅周辺で独り言のような自称・布教活動をしている。アルパカに似ている冴えない容貌の自称・偉大な宗教家の教えを空気のように無視しながら乗客たちは通り過ぎていく。路上での活動は、誰にも顧みられることのなかった彼のこれまでの人生に似ている。子供のころからクラスの中で一番可愛らしく、浅沼がこれまで見たこともないような上品でお洒落なデザインの洋服を着ていた女の子、小夜ちゃんとも仲良しにはなれなかった。高そうないい服。そんないい服がよく似合っていた可愛らしい女の子。いい食事。いい暮らし。そして、周囲から崇拝される光り輝く自分の姿。浅沼はずっと渇望していた。就職先でトラブルを起こしクビになった後は「あたり屋」まがいの仕事を始めた。被害者となって他人を支配することで浅沼の痛みは消えるはずだった。そうして彼は自分よりも弱い人間に寄生する「詐欺師」となった。

雨漏りの箇所も修理してもらい、自動火災報知器のカバーの取り付けも完了し、普通ならこれで話は終わりのはずだった。しかし家族からの愛情を一身に浴びて育った晶にはサイコパスの精神構造および復讐心は予測すらできなかった。わざと目立とうとしなくても常に目立っている晶には浅沼の自己顕示欲が理解できなかった。ある日郵便受けに赤色で『重要』の２文字が判で押された封筒が入っていた。封を開けるとまず晶の目に飛び込んできたのは『謝罪』の２文字だった。雨漏りで迷惑を掛けたことを謝るつもりなのだろうと晶は一瞬勘違いしそうになったが、それは浅沼に対して晶からの謝罪文を要求する一種異様な書類だった。晶はその封筒を持ったまま最寄りの交番に向かった。

「にゃん太、プロテスタントでは神父と呼ばずに牧師って言うんだって。どうしてかわかる？」

「わかんない。プロテスタントって何？」

「プロテスタントもカトリックもキリスト教の宗派だよ。人間は『神の子羊』だから飼ってる子羊を導くために牧師って言うらしいよ」

「ぼくは子羊じゃないよ。人でもなければ羊でもない」

「プロテスタントだろうが他のキリスト教の宗派だろうが自分がどんなに孤独で苦しんでいても人を愛したり許したりするのがキリストの教えなんだ。浅沼はキリスト教徒として失格だね」

「ネコネコ教の教えを信じたら幸せになれる」

「何だよ、ネコネコ教って。イワシの頭みたいなもんか？」

晶は十代の頃、乙女のバイブル『マリア様がみてる』に出てきそうなカトリックの女子校に通っていたことがある。中学の頃の晶はキリスト教に対して特に何の疑問も持たずに素直に信じていたが、ある同級生は違った。

「そんな事を言ってたら、洋服も靴も買えないし、贅沢な食事もできない。何も出来なくなる」という同級生の言葉は、現実の消費社会において宗教の抱える矛盾点を鋭く衝いていて、いつまでも晶の記憶に残った。

結局、浅沼を通さずに直接雨漏りの原因をMさんに問い質したところ、原因は屋上の防水シートの張替え工事の際、排水管も付け替えたがその排水管の接続不良であることが分かった。Mさんは、雨漏りに関して何の責任もないにも拘わらず晶が謝罪文を書かなければならない意味が理解できないとも言っていた（浅沼を愛さなかったり、笑いかけなかったりすることは一般的には謝罪の対象にはならない）。膨れ上がった承認欲求。晶が直接リフォーム業者に問い合わせて自分のウソがばれたことを知った浅沼は掲示板に「業者に直接問い合わせをした軽率な組合員がいる」と書いて非難し、狂ったように赤色で『**重要**』と表示された封筒を使って謝罪文を要求し続けた。

《その男は危険です。できれば引越しした方がいい》

長年のペンフレンドの岩崎さんの息子さん夫婦は警察関係の人で、度重なる浅沼からの謝罪文の要求について、息子さん夫婦に相談した晶は一瞬、ためらった。ガスコンロを20万円以上かけて交換したばかりで、コンロの天板はとても綺麗なキラキラした桜色だし、あまりにも勿体ない。でも、建物自体はただの入れ物に過ぎない。どこに住もうが、にゃん太がそばで笑っていてくれる場所が晶にとっての家だった。

「この前、『銀河鉄道９９９』の再放送やってたよね。一緒に次の惑星に旅立とうか？」

「停車時間は5年2カ月10日間でしたー」

「このマンションって、ある惑星の『清潔第一ホテル』に似てるね。不都合な事は一切なくて、あったとしても覆い隠して全員正しく生きてます、みたいな顔をしてる所が。不都合なことを知っている人間のほうが悪と見なされる。そう言えばメーテルが発車まぎわに『清潔第一ホテル』の人に何か言ってなかった？」

「地獄がどうとかって？」

「確かそんな感じだった」

18年前にアメリカに留学していた時も晶はメーテルの言葉を思い出そうとしていた。「この広い宇宙で生き抜くために必要なのは、顔でも、家柄でもなく」何だと、メーテルは言っていたっけ……。まだ旅は続いているようだ。次の停車駅の惑星はどんな所なのだろうか？

「全速前進！」

急旋回で向きを変え、なりふり構わずこのマンションから撤収することにした。

「久々に戦闘区域モードに入った！　18年前の戦いを思い起こせ！」

「まだ戦える？」

「勿論。今でも現役バリバリの『真っ黒な羊』だからな！　私を従順な『神の子羊』だと思ったら大間違いだよ！　ありとあらゆる知力、精神力、体力、そして、金の力!!　を総動員してでも戦う」

「しばらく平和な時間が続いたから戦い方を忘れたのかと思ったよ」

「不協和音を〝僕〟は恐れたりしない！」

「〝僕〟は嫌だニャー！」

「にゃん太、平手ちゃんのファンに殺されても知らないぞ」

引越し準備のため、部屋中あちこちひっくり返していた晶は、存在すら忘れていたマンションの管理規約の冊子を見つけた。その冊子には浅沼の主張がぎっしり詰め込まれていた（聖典のようなものだろうな）。浅沼に対して何か反論するには浅沼のやり方を踏襲して管理規約に則り、皮肉と嫌味を言わなければならない。学術論文の査読のやり取りを真似て晶は管理規約の重箱の隅を突くことにした。

○○マンション管理規約

○ページ　○行目　第○○条　区分所有者は正当な理由なくして理事長および理事長が許可した管理者の立入を拒否してはならない。（**の後にこう続けてみてはどうかと晶は提案した**）
○ページ　○行目　第○○条　区分所有者は正当な理由なくして理事長および理事長が許可した管理者の立入を拒否してはならない。**但し、女性の独居世帯および女性、女児が一人で在宅中には身の安全を守るために立入を拒否することができる。**

マンションと決別するために晶は生まれて初めて家を売却することにした。約束した時刻通りに誠実不動産の杉下店長は査定のためマンションにやって来た。営業担当の南野さんと数名の建築業界の人も一緒だった。

「玄関の表札に猫のイラストが付いているので内緒で猫でも飼ってるのではないかと疑って浅沼は部屋に入って来ようとしていたのかもしれませんね。ペットに関しては、このマンションでは飼育するのに許可が要るんですけど、うちの猫はこの通りぬいぐるみなので飼育願の動物の種類の所に『ぬいぐるみ』って書いたら却って怒られそうな気がして飼育願は出していません」

「そんな飼育願を出したらまた謝罪文書かされますよ」

「ええっ！」

「冗談ですよ」と杉下さんは言って、眼鏡の奥の目が笑っていた。その場にいた一同は少し気持ちが和んだ。にゃん太はいつだって温かさを運んでくれる。

「できるだけ短期決戦で売れるように最善を尽くしますのでよろしくお願いします。営業担当者も相当走り回ってはいるのですが、管理組合の事がもう有名になっていて、工務店買取は無理でした。それでも引き続き頑張って営業をかけてまいります」

段ボールが到着し、杉下さんと南野さんが帰った直後から晶にとっての壮絶な戦いは始まった。

「朝３時に起きて、ひたすら家中のものを段ボールに詰めるだけのあまりにも地味な戦いって！必殺技とかキメないと戦ってる感が出ないな！」

［ぼく必殺技使えるよ］
「え？　どんな技？」
［内緒。ぬいぐるみ界に伝わる秘伝の奥義なんだ］
本業の研究もしながら、新居の手配やら、弁護士との面談の準備そして管理規約の粗探しを同時に進めていた晶は、次から次へと郵便受けに投函される『**重要**』と書かれた封筒の束と壊れたレコードのように「謝罪文、謝罪文、謝罪文」と金切り声を上げ続ける文書に遂にパニックを起こし、岩崎さんの息子さん夫婦に弱音を吐いた。
《これだけ力の限りを尽くして対策を練ったのに次から次へと手紙が来て研究に全然集中できません。もう疲れもピークに近くて猛暑の中で段ボールに詰める作業を続けられる自信がないです》
《もうマンションのことも浅沼のこともどうだっていいから、まず段ボールに詰めることだけ考えて！　と、うちのカミさんが言っています》
《晶さんは一人ではない。みんな応援しています。にゃん太くんも一緒です》
（そうだ。今は段ボール以外のことなど考えている余裕はないんだ）
晶は再び灼熱のバトルフィールドに戻ることにした。

段ボールとの戦い開始から3日目あたりで何とか出口が見えてきた。不安に負けそうになりながら「鬼滅の刃」の主題歌を繰り返し聞いて晶は少し休息を取った。まだ熱帯夜が続いていたが、夜には微かに虫の鳴き声が聞こえて秋がすぐそこまで近づいているようだった。

「『紅蓮華』聞いてたら何だか乗り越えられそうな気がしてきた」

［ぼくたちが普段聞いてる曲ってやたらアニソン多くない？］

「えっ？　気のせいじゃない？　『鬼滅の刃』は社会現象になってるぐらいだし、主題歌を歌ってるＬｉＳＡも去年紅白歌合戦に出たから一般的に知られているでしょ。別に毎日アニメばっかりみてる訳じゃなくても。いい歌だなあ。悲しみに対してお礼を言う気にはならないけどさ」

［今までにも何度か引越ししたことあるし、晶にとってはこれくらい楽勝だっただろ？］

「そんな訳あるか！　何が［楽勝だっただろ？］だ。あやうく熱中症で死にかけたわ！」

玄関に取り付けられた大型の壁掛け鏡は、引越しの際持っていくことはできないのでここでお別れすることになった。

「さよなら。今まで守ってくれてありがとう」

それは、晶の大学院卒業のお祝いに吉田先生が業者に手配して贈ってくださった、講座からの記念品だった。

《よもや知恵と勇気で浅沼に負けるような晶さんではありませんが、暴力的に有形の力を加えられたら大変です》
《くれぐれもマンション内で浅沼に遭遇しないように気を付けてください》
引越し当日まではほんとうはまだ少し時間があった。しかし、その日はマンションの総会の出欠の返事を出さなければならない締切の日で、引越し届も同時に提出し、晶はそのままマンションから雲隠れするつもりでいた。逆に、出欠の返事の提出期限までは時間が稼げると思い、秘密裡にマンションの売却と引越しの準備を急ピッチで進めた。逃げられたことに気付いた時には、すでに浅沼の手が届かない場所に逃げ果せた後という寸法だった。今回の戦いのテーマは「逃げるが勝ち」。古代中国より伝わる有名な兵法に、晶は果敢にチャレンジすることにした。

荷造りを済ませ、あとは管理会社から派遣された管理員に書類を渡して脱出するのみとなった当日、晶はタクシー会社に電話して、管理員が出勤しているはずの9時ちょうどにマンションの前にタクシーを手配しようとした。しかし、予約車はもう埋まっていて時間指定で手配することはできず、9時少し前に電話し、その時空いているタクシーがあれば9時ごろに到着するという話だった。9時少し前に再びタクシー会社に電話を掛けた晶は、手荷物とにゃん太を入れた紙袋を持って警戒しながら急ぎ足で1階まで降りてきた。

そこには勝ち誇ったような晴々とした笑みを浮かべた浅沼がいた。浅沼はハッキリした声で晶に向かって「おはようございます！」と礼儀正しく挨拶をした。書類を渡すつもりだった管理員が9時を過ぎてもまだ来ない上、タクシーはなかなか現れなかった。

にゃん太は紙袋の中で考えた。この前の必殺技からまだあまり時間が経っていない。連続して必殺技を使えばぼくの魂は消滅して、もう晶と一緒にいられなくなるかもしれない。でも！　天国の晶のお祖父さん、お祖母さん、そしてお母さん、ぼくの命に替えても必ず晶を守ってみせる！　ぼくに残された最後の手段、ぬいぐるみ界に伝わるあの恐ろしい究極奥義、あれを使うしかない！

ハイパー　ぬいぐるみ　ポテンシャルー
僕は嫌だっ　パワーッ　ふみゃあーっ！

究極奥義を放った反動で、にゃん太は気絶し、魂は飛び散った。そのまま心肺停止し、にゃん太は動かなくなった。

その時、ゴミ収集車がやって来て浅沼はそちらに向かって何か話しかけた。タクシーの到着が待ちきれない晶は警備会社のセ○ムに通報したが、その直後、タクシーが到着したため車内でセ○ムの人と話した。タクシーの運転手さんは「このマンションそんな変な人いはりますのん？」と同情を寄せてくれたようだった。

晶はタクシーで紅英歯科大学の正門前に到着した。大学構内に入ってしまえば、ここから先は大学関係者のテリトリーである。有給休暇中だがとりあえず研究室に向かった晶はスマホが見つからないことで頭がパニックになった。「事故物件　恐い間取り」だけでも十分怖いのに、この上「スマホを落としただけなのに」が始まったらもっと怖い。確かタクシーの中でセ○ムの人と通話したから最悪でもマンションにスマホは忘れてない。疲労がピークに達した晶は図書館近くの廊下で床にへたり込んだ。バッグも手荷物も、にゃん太と猫用布団が入った紙袋もいったん全部床に置き、スマホを探し始めた。

「大丈夫ですか？」

晶が貧血か熱中症か何かで床に座っていると勘違いしたのだろうか、親切に声を掛けてくれた学生に「大丈夫です」と、平気を装いながら答えた晶は必死でスマホを探し続けた。あった！　バッグの下のほうに入っていたのをパニックになった晶がよう見つけられなかっただけだった。管理会社に電話して、今日はなぜ管理員が9時から出勤していないのかキツい口調で問い質したところ、急遽、休暇を取ったためと判明した。管理員のポストに引越し届の書類を提出したので休暇明けに絶対に見るように管理会社のほうに伝えた。

魂の抜けた状態のにゃん太を安全な大学のロッカーに隠し、引越し終了までは別行動を取ることにした。晶はかねてよりの手配通り、法律事務所の星野弁護士に直接会って話をするためK駅に向かった。以前ホームページや電話で相談した時は「多分お役には立てないと思います」と言っていた、全然乗り気でない及び腰の弁護士だが、やはり直接話をしてみるまで分からないと晶は思った。

晶はまず、以前オンラインで相談した後も続々と送り付けてこられた謝罪文要求の文書を弁護士に見せた。

「こんなにお手紙が増えてます。今後も増えるでしょう。結局引越しすることにしました。ただ、このおかしなマンションでは引越しするのにも浅沼の許可が要るらしいです。もしも引越しするなと言われた場合、引越しする権利はあるでしょうか？　基本的人権の第何条とかで引越しに関する条文ってありますか？」

「早瀬さん、日本国憲法って知ってますか？　日本国憲法では居住の自由が認められているのでもちろん早瀬さんが引越ししたければ何処へでも引越しできます」

「先生と電話でお話しした後、改めてマンションの規約を見返してみて、私から管理組合監事に対してこのような提案を考えているのですが、監事に見せたら浅沼に名誉毀損で訴えられたりはしませんか？」

ずっとお役に立てそうにないと及び腰だった星野弁護士は、やっと身を乗り出して管理規約改正案に目を通し始めた。

「監事も管理組合の一員であり、組合員が自分の意見を述べることは名誉毀損に当たりません。名誉毀損は不特定多数の第三者が見るようなネットやＳＮＳで公開した場合です。そんなまどろっこしいことをしないで早瀬さんが直接総会で意見を述べてみてはどうでしょうか」

「総会で発言して刺されたら怖いので直接姿を見せたりはしません」

「そうですねぇ。逆恨みされて刺されることもありますからねぇ。同じマンション内で仲間を集めて意見を言うのも一つの手ですが、もう引越しするのにそこまですることもないか」

「引越しした後も新居や職場に手紙を送ってくるかもしれません。もう手紙を送ってほしくないのですが」

「新居や職場にまで付きまとい続けるようであれば損害賠償請求案件、あるいはストーカー案件になるかもしれませんね」

「その時はぜひ星野先生に弁護をお願いします」

「この人のやっていることはマンションの管理とは違うように思いますねぇ」

星野弁護士の指摘通り、浅沼が一貫して望んでいるのは晶と直接コンタクトを取ることだった。それは渇望と言っていいほどの異常な執念だった。浅沼の投げてよこしたボールはすべて、警察、業者、弁護士、そして浅沼以外の管理組合の理事に向かって晶は投げ返すようにしてきた。自分にボールを投げて来ないすべての企業と個人に対して浅沼は『訴える！　謝罪しろ！　謝罪しろ！』と叫び続けた。

引越し決行まで晶は付属病院に近いN坂のNホテルに潜伏した。新型コロナのせいで宿泊客が少なく、朝食バイキングも中止されていたが、却って安い宿泊費で連泊できたし、バイキングでなくても朝食の量も十分だった。やっと、ひたすら段ボールに詰める作業からも、危険なマンションからも解放された晶は、束の間のホテル暮らしの間に今まで不足していた睡眠と栄養を補うことにした。ある日、夕食後にテレビを見ながらゴロゴロしていた晶のところに付属病院のT先生からショートメールが届いた。

《今どこですか？》

《N坂のNホテルです》

《今、大丈夫ですか？　1階のロビーまで出て来れますか？》

部屋着のままで1階のロビーまで降りていくと、T先生がでっかいブドウの差し入れを持ってきてくださっていた。部屋着の状態でT先生にお会いしたことがなかった晶は何となく合宿所にでもいるような気分になった。

いよいよ引越し前日がやって来た。仮の宿であるNホテルに戻るために電車に乗った晶はある人物と偶然会った。

「早瀬先生！」

それは苗字が同じだがまったく血縁関係のない付属病院の早瀬先生だった。無事に引越しが終わるまでは油断できないので知っている先生と一緒にN坂駅まで帰ろうと思った晶は、電車の中で早瀬先生と住宅問題について語り合った。

「明日、引越しするんですけど今まで住んでたマンションは売り出し中なんです。６月にキッチンをリフォームしたばかりで、ガスコンロの天板の色がすごく綺麗な桜色で、とっても可愛いですよ。早瀬先生マンション買いません？」

「僕は嫌です！」

結局、早瀬先生は晶のおススメするマンションを購入してくれなかったが、知っている先生と話をしながら帰っただけでも晶は気持ちが軽くなった。

「にゃん太迎えに来たよ。さあ、おうちに帰ろう」

「うにゃ？　あれ？　ぼく、飼い主を守るために刑事ドラマの殉職シーンのような壮絶な最期を遂げたはずじゃなかった？　究極奥義を放ったあと確か息してなかったよね」

「にゃん太はぬいぐるみだから元々呼吸はしてないよ」

「あのマンションから無事脱出できたんだね」

「今から新しいおうちに行こう。これからもずっと一緒だよ」

「ぼく、おうちに帰ったら神戸牛のすき焼きが食べたい」

「今、冷蔵庫が空っぽだから当分無理だね。今度のおうちにはガスコンロも付いてないし」

［そんなっ！　ぼくあんなに必死で頑張ったよ！］

引っ越し後に一度だけ旧住所から転送されてきた浅沼からの謝罪文を要求する手紙が届いたが、すぐに管理会社のフロントに電話して「引越し先にまで手紙を送ったり、勤務先にまで付きまとったりした場合はストーカー案件として管理組合に対して損害賠償請求を起こす可能性がある」と伝えたところ手紙はぱったり止んだ。最後の手紙は「僕のことを忘れないで」的な、勿忘草の花言葉のようなものだったらしい。浅沼はコンプレックスの強い人間で、共依存的な執着心や女性蔑視、自分よりも立場の弱い者に対する支配欲はコンプレックスの裏返しなのだろう。浅沼は晶を支配しようとしたが、晶の心の闇は深すぎて他人に支配できるものではなかった。晶は一人静かに悲しみたいと思っていた。喪った者に対する追憶に浸りたいと思っていた。だから「喪の仕事」の邪魔をした浅沼に対する憎しみは凄まじかった。ある停車駅の惑星で、メーテルが世捨て人の小説家に見せた本性、「これでも私のような女と一緒に暮らしたいですか」と言って見せたものが何だったのか晶にはいまだに分からない。

引越し先にはガスコンロが無かったのでガス会社にコンロの取り付けを依頼した。以前キッチンのリフォームをドタキャンした時の担当者Kさんにもう一度来てもらって（引越し当日のガス栓の停止にも立ち会ってくれた）今度こそリベンジする事が出来た。あの時、下手にリフォームをしたりすればKさんの会社も訴えられていたかもしれないので却って良かったと晶は思った。やがて秋が来た。段ボールの束はすべて回収された。づぼらやさんの巨大フグ看板は撤去され、欅坂46は櫻坂46に変わった。

1年ほど前から楽しみにしていたキンモクセイの花が咲いて晶は一瞬自分が天国にいるかのように錯覚した。夜は冷え込みが厳しくなってきたが隣にはにゃん太がいる。安らぎと温かさを実感しながら晶は眠りについた。

エピローグ（晩秋〜冬）

子供の頃から住んでいた京都の家に帰ろうとして道に迷ってしまった。帰り道を忘れてしまったのだろうか。不安な気持ちで見上げる星座の瞬きは京都市内とは思えないほど綺麗だった。また駅に戻ってきてしまい、途方に暮れていると、知っている気配を感じた。

「おじいちゃん、一緒に帰ろう」

帰り道が分からなくても、もう大丈夫、一人じゃない。祖父の腕を取って二人で歩こうとした瞬間、晶は目を覚ました。


最後の戦いには、当初「何もしないのが一番いい」というスタンスだった星野弁護士も（不本意ながら巻き込まれて）参戦した。
○○マンションの中では最安値で情報サイトに広告を出したにも拘わらず、まったく反響のない時期が続いたある日、誠実不動産の南野さんから思い切って値段を200万円ほど下げてみてはどうでしょうかという提案があった。晶が値下げに応じた直後に1件の問い合わせがあった。内覧で大変気に入ってくださったという連絡が来てほっとしたのも束の間、またもや問題が発生した。雨漏りの再発だった。これが最後の戦いの始まりだった。

最後の戦いの少し前にも異変があった。管理組合からネコポスで書類が届き、銀行口座から勝手に送料と切手代が差し引かれていたのだ。郵便物の転送とは異なり、宅急便で送った荷物は書かれた宛先通りに届けられるため、その書類は以前住んでいた○○マンションに投函された。晶の引越し先の住所を知らない浅沼は自分の伝えたい内容を晶に届けることはできなかった。その後、今度は電力会社から電話が掛かって来た。

「以前住んでいらっしゃった○○マンションのことでお話がありまして、今お時間よろしいでしょうか。早瀬さんはすでに引越しされているのですが、マンション全戸に取り付けられている警報装置の電源が入っているためにメーターがまだ動いています。メーターの確認をするために係の者がマンションの中に入ろうとしたのですが、コロナを理由に管理組合から立入りを禁止されました。そして警報装置の電源を切るために早瀬さんの部屋の鍵が要るので、鍵をマンションまで持って来て渡すようにとの言伝がございました」

「○○マンションには行けませんね。ストーカーがいるから引越ししたんですよ！　鍵を渡すことはできません。その管理組合の人間がストーカーです」

「……余計なことをいたしまして本当に申し訳ございません。今までこのマンションから立入り禁止だと言われたことがなかったのでおかしいとは思ったのですが……。女性の方ですのでくれぐれも危険なことに巻き込まれないよう気を付けてください！」

結局、晶が電力会社と再契約して月々３００円ほどの電気代を払うことで解決した。ネコポスで送ろうとした管理組合からの書類には鍵を渡せという内容が書いてあったのかもしれない。

そのような事があった直後に事態は急展開を迎え、気がつけばもうマンションの売買契約の日だった。雨漏りの再発によって更にマンションの値段が30万円引き下げられた事と施工ミスをした無責任なリフォーム業者が修理しに来なかった事以外は滞りなく契約も完了した。内覧で南野さんが雨漏りを発見した翌日、雨漏りの原因を作ったリフォーム業者のＭさんに電話してすぐに修理するように言ったのだが、Ｍさんが管理組合に雨漏りの件を連絡したところ、浅沼が難癖をつけて修理は中止となった。

晶の部屋の鍵を入手するのに失敗した浅沼は、今度は仲介業者の南野さんを通じて晶の現住所を記載した書類を提出させようとした。住所を伏せて、連絡先に星野弁護士の法律事務所の住所と電話番号を書き、南野さんに浅沼の部屋番号の郵便受けに投函してもらったのだが、後日、郵便受けに書類は入っていなかったと浅沼は白々しく嘘をついた。素直な性格の南野さんは狐につままれたような顔をし、激怒した晶は理事長と浅沼両方宛に「管理組合がほんとうにマンションの事を大事にしているのであればすぐに雨漏りを修理すべきだ！」という抗議文と共に書類を再送した。抗議文に対する反応はすぐに来た。浅沼からの返事には「書類に記載されていた転居先の住所を調べたところ、人が居住しているような場所ではなく、様式も古いバージョンのものなので受理できない。

今後は弁護士を通して書類を提出するように」と書かれていた。『弁護士がついている』というのはただのハッタリだろうと浅沼は高を括っていたのかもしれない。そこで星野弁護士、再登場の場面となった。

法律事務所に行くのは8月以来だ。あの時は猛暑で大変だった……。今は猛暑でもなく、引越し大作戦も無事完了して今のところ現住所もバレてないので、晶には若干、心のゆとりがあった。

「最初に先生に謝らなくてはならないことがあります。現住所をストーカーに知られたくないので、ここの事務所の住所を書いて書類を提出しました。結局その書類は受理されませんでしたが」

「別に法律事務所のほうには何も言ってきていないので構いませんよ」

「不動産屋さんが相当頑張ってくれまして、もう買い手さんとの売買契約も済んで、あとは管理組合に売買契約に関する書類を提出して部屋の引き渡しが済めば○○マンションとの縁が切れる段階に入っているのですが、ここに来て浅沼は書類を紛失した振りをして仲介業者をマンション内に入れないようにしています。もうじき新しい所有者が入居するのに雨漏りの修理もしてもらえませんでした」

「あとは書類の提出だけなら顧問弁護士の契約までしなくても他にもっと簡便な手段があると思うのですが」

顧問契約に対して消極的な姿勢の星野弁護士を前に晶は粘り強く説得した。浅沼がどれほど駄々をこねようが浅沼の意のままにならないことがあることを教えるために。こちらは弁護士を用意して裁判で迎え撃つ準備が出来ていることを知らしめるために。そのためには是非とも星野先生の協力が必要だと晶は判断したからだった。

「もうここまで来たら弁護士が登場しない訳にも行きませんね」

「不動産売買の書類に旧組合員の転居先現住所を書く欄があるので住所が分かったら、雨漏りの件で私を訴えるつもりかもしれませんよ。訴追が趣味の人ですからね」

「ああ、『無茶な裁判』ね。無茶な裁判であっても裁判所は訴状を受け取ることはしますが、適切に対処さえすれば怖がることはありません」

星野弁護士は万が一、裁判を起こされた場合でも勝てると踏んだからこそ引き受けてくれたのだろう。晶は心強く思った。結局、晶の『転居先の住所』を正直に記載し、書類を郵送することにした。

「これでもうゴチャゴチャ言ってこないでしょう」

（それでもゴチャゴチャ言うところが浅沼の浅沼たる所以なんだな）

星野先生は、やはり浅沼の本質を理解できていなかった。浅沼は（部屋の引き渡しをスムーズに行うため、晶の代理で）電話で交渉にあたった弁護士にも「消防法の都合で区分所有者が直接○○マンションに来なければならない」と言って、（暗に）晶に会わせろと要求してきた。晶が浅沼の要求を突っぱねると、受任状のない弁護士とは今後一切、交渉をしないと言って、弁護士から逃げようとした。受任状を出す、出さないで浅沼と意見が食い違った時から星野先生までが浅沼の名前を呼び捨てにするようになった。（本気で裁判に勝ちたかったら弁護士の先生を怒らせちゃいけないな）と晶は思った。それとも浅沼は内心、弁護士の存在を恐れているのだろうか。

誠実不動産を仲介業者として売買をするという書類を管理組合に提出したにも拘わらず、「誠実不動産を当マンションの出入り禁止業者に指定し、管理組合は仲介業者からの雨漏り修理依頼には一切応じない」という返事が来た時、南野さんは怒りと失望の色を隠せなかったが、最初から浅沼を信用していない晶にとっては想定内だった。南野さんは晶の現住所を聞き出すために浅沼に利用され振り回されてしまい、気の毒だった。浅沼を喰い付かせるためのエサとして最後は現住所を公開する、そのためにもう次の引越し先を確保しておく、これが晶の計画だった。もう住所を隠す必要がないことをカモフラージュするために必死で住所を隠す振りをしてきたのだった。長年、人類は『賃貸』か『分譲』かの論争を続けてきたが、晶の出した結論は、「早瀬家をダウンサイジングし、賃貸と分譲の2カ所に分割する」という二刀流だった。ダブルマイホーム作戦のための2度目の引越しも急ピッチで進められた。クマさんマークの引越しセンターにとって晶は上得意様だった。引越し当日の作業員の一人が「ぼく、前の引越しの時も来てました。また引越しされたんですね」と言っていたが、前回の厳戒態勢の中での真夏の引越しと違って、今回は少し気が楽だったに違いない。引越しに伴い、警備会社の人も新居にやって来た。セ〇ムの人も、「ぼく、前の引越しの時も来てました。何かあったら遠慮なく、すぐ呼んでください」と言ってくれて、か弱い（?）女性である晶に対しては皆さん同情的かつ紳士的な態度だった（だんだん、いろんな業者さんと顔馴染みになっていくな）。このコロナ禍の中、お互い元気で無事でいられたことはうれしかった。

いよいよ最後の難関である組合員変更届の書類入手作戦に移行する時が来た。この書類は正式な所有者移転の手続きまでに是非とも手に入れておきたかった。南野さんは受任状を出さない弁護士の先生に対しても失望していたが、星野先生が受任状を出さなくても書類を入手できればそれに越したことはないと晶は考えた。

「管理規約には所有者が変わったらその時点で管理組合員の資格を失うと書かれているので何もしなくても引き渡しの日に自動的に組合員でなくなるはずですが」

「星野先生、わざと旧バージョンの組合員変更届を出しておけば、様式が違うから受理できない、再提出しろ、とか言って最新バージョンを送ってくるのではないでしょうか」

「星野先生が見ているのは２０１９年発行の古い規約ですから。その後、自分たちの都合のいいように規約を書き換えたりして因縁をつけてくる可能性があります」

「ああ、『曲解』ね。それでは旧バージョンで出してみましょう。事務所の方からも手紙を送っておきます。文面には、『管理組合側から何も指摘がないようであれば、すでに書類の提出は済んだものとみなす。もし何か指摘があれば法律事務所の連絡先に連絡するように』と書いておきます」

「浅沼がそんな書類は受け取っていないと、しらを切らないよう理事長にも全く同じものを送りましょう。浅沼は理事長ではなく、管理者です。管理組合のトップはあくまで理事長ですから」

最後に提出する書類の最新バージョンを管理組合（浅沼）が送ってくるかどうかは賭けだったが、今は誰も住んでいない晶の現住所の郵便受けに遂にその書類は投函され、事実上の全面勝訴と言えた。〇〇マンションの引き渡し日のわずか3日前のことだった。

売買契約書にサインして以来、２度目の対面となった買い手のSさんの名刺には有名なリフォーム業者の名前が印刷されていた。

「早瀬さんはこの業界のことは素人だから分からないだろうけど、共用部のリフォームで雨漏りを起こしたのであれば本来マンション全戸にそのことを告知しなきゃいけない。マンションの住人に原因箇所の写真を見せた上で、修理のための工事はいつ始めるか、いつ頃完了予定なのか、ミスをした業者に約款を持って来させるべきなんだ。ここの管理組合はそういう事が出来ていない。管理者が一人で管理しているのもおかしいよ。本来であれば誰かがおかしな事をしないように複数でお互いを見張ってなきゃいけない。ちゃんと管理が出来てないと、住人は離れて行ってしまう」

（おっしゃる通りです。まさに離れて行こうとしている住人が今ここに）

確かに雨漏り事故を起こした屋上の写真は、当事者である晶にも、管理組合は見せたことがなかった。以前から生じていた違和感はそのせいだったのか。あれだけリフォーム業者を訴えまくった浅沼だが、今度新しい組合員となる住人の職業がリフォーム業だったというのも因果応報と言うべきだろうか。因果応報だと仏教的なので、キリストの教えを曲解した罰？　それとも不動産業者の南野さんを虐めた罰？

「今まで転勤族で何度も引越ししたけど家を買うのは初めてでね。春になったら桜が綺麗だろうね。何故か桜に縁があって、今まで住んだことのある住所には地名に桜がつくことが多かった」

「あの部屋のキッチンはガスコンロの天板の色が綺麗な桜色なのが自慢です。色が綺麗なだけでなくキラキラしてます」

晶は以前から、次にこの部屋の住人になる人は、桜色のキッチンに因んで桜子さんとか、サクラちゃんとか、桜に縁がある人だといいなと想像していた。まさかSさんが桜に縁のある人だとは想像していなかったのだが。

本当は○○マンションを出ると決めたあの日、新しい人々や物件との出会いに晶は期待していた。いろんな職業に従事している人、立場や意見の違う人と最初の内は分かり合えなくても、話し合って徐々に信頼を築いたり、助けたり、助けられたり、時に一緒に怒ったり、笑い合ったりしてみたかったのだ。○○マンションから出ることのない浅沼には一生分からないだろうけれども。この物語は最初から「事故物件　恐い間取り」のようなホラー路線ではなく、世話物・人情話を目指していたのだった。

「もしかして、○○マンションを立て直すためににゃん太がインター猫ネットを使ってSさんを呼び寄せた？」

にゃん太は何も言わずに円らな瞳で飼い主を見つめ返しただけだった。

天気がいいので先日、南野さんに案内してもらった○○ハイツまで晶は一人で行ってみた。○○ハイツの薄暗い入口には掲示板があり、皺の寄った紙に手書きの字でごみ出しの曜日が書かれていた。この建物だけ現世の喧騒から切り離されて墓場のような静寂に包まれていた。ここでは誰も晶を知らないし、関わっても来ない。これでやっと心置きなく悲嘆にくれることができる。戦いの間には一度も流したことのなかった涙を晶は流した。

「黒い羊事件」経緯まとめ
７月９日　雨漏り発生

8月10日　最初の謝罪文の要求
8月27日　○○マンションから脱出
9月1日　最初の引越し
11月8日　売買契約書にサイン
12月5日　2度目の引越し
12月17日　○○マンション引き渡し
12月26日　最後の引越し

「黒い羊」編　終わり

芸歴20周年・特別企画 「避雷針」編

師匠である吉田先生の影響により研究者となった晶だが、大学という職場は教育機関でもあり、晶は研究のみならず教育の現場にも携わることになった。中学の頃からずっと不登校と中退を繰り返してきた響子の娘が大学で教壇に立っているのも不思議な巡り合せだが、それも祖父母や母親が、響子の時の失敗を繰り返さないよう晶を守り続けた結果だったのかもしれない。晶の師匠は歯科医師のライセンスを持たない純粋な研究者だったので、大学は国家試験のためだけの勉強をしにくる所ではないという考えだったが、晶は違った。晶自身の学生時代を振り返ってみても、もし、卒業後に国家試験に受からなかったとしたら、一体何のために大学に入ったのか、何のために長く厳しい修業の年月に耐えてきたのか分からない。歯科医師にとっての国家資格は「命よりも大事」とまではいかなくても「命の次ぐらいに大事」なものだと晶は思っていた。今の時代は何が起きるか分からない。歯科医師のライセンスは一人の人間が生きていく上での大きな武器となるものであり、国家試験に向けての教育は教え子の人生を懸けた戦いであると考えていた。「研究に専念してもらいたい」との吉田教授のお考えから、それまで教育の仕事から外されていた晶だったが、周囲の状況が変わるにつれて、そうもいかなくなってきた。

吉田教授退職後のある日、晶が学内の渡り廊下を歩いていると、一人の男子学生が壁龕（ニッチ）の台を机代わりに勉強している姿が目に映った。たった一人で大学に残り、放課後も真面目に勉強している『シンデレラ』のような学生に晶は声を掛けた。

「こんな所で勉強してて寒くないの？　研究室に来て温かいお茶でも飲みながら一緒に勉強しない？」

（そう言えば、かつての晶の師匠も研究室に来ないか？　と声を掛けてくれたっけ……）

「たくさん着ているので寒さのほうは大丈夫ですけど、ほんとに研究室にお邪魔しても構いませんか？」

晶の所属する講座では、吉田教授の先代の頃から「学生諸君にとって開かれた研究室を！」をモットーとし、学生が研究室を訪れる際に敷居が低く感じられるよう常に研究室の扉を開放していた。学生時代の晶も研究の真似事をしながら吉田先生の所に度々出入りしていたものだった。

壁龕の前で自習をしていた2年生、池内君を講座の伝統に則ってお茶会に招いてからは、彼も勉強のためにしばしば研究室を訪れるようになった（晶が研究室に学生を連れてきて私塾のようなものを開催する度、大学院時代の後輩は晶の行動に対して「また、どっかから学生拾ってきて……」とこぼしていたものだが、その後輩もとっくに院を卒業していた）。

厳しいスパルタ教育が終わった後のティータイムでは打ち解けて学生と話をすることができた。池内君は部活動では、ガーデニング同好会、卓球部、ＥＳＳ、邦楽部、ワンダーフォーゲル部、美術部、茶道部に所属し、土日も含めて毎日、夜の９時まで大学に残って自習をしていると言っていた。

「地道に努力して偉いよね。でも帰りが遅いのは心配だから出来るだけ短い時間で集中して、早めに勉強を切り上げて帰ったほうがいいんじゃない？　次の日に疲れを残さないためにも」

「睡眠も充分に取れてますし、疲れは残ってないから大丈夫です。朝もちゃんと起きれます」

「池内君は毎朝早くから大学に来てるよね」

「朝はガーデニング同好会で育てている花に毎日水をやるために早起きしてます」

「池内君さ、いろんな部活を掛け持ちしすぎて勉強に集中できてないんじゃないのかな？　折角真面目に頑張っても、それが試験の点数に結びついていかないのは勿体ないと思う。部活の数を減らしてみたら？」

「勉強への負担が少ない（？）部活ばかりなので大丈夫です。それに成績が悪いのは部活のせいじゃなくて覚えるのが苦手だからです。どうしても覚えられない」

「暗記だけが勉強ではないし、勉強を好きになること、楽しく勉強することも大事。幸い生体工学は覚えることが少ないから池内君でも大丈夫」

あれだけ朝早くから夜遅くまで土日を含め、毎日努力しているにも拘わらず池内君は成績の面で報われていないようだった。努力した人が報われる世界であってほしいと晶は願った。

「私も子供の頃から父親がいなくて、池内君と同じ母子家庭で育ったから、絶対に両親が揃ってる恵まれた子に成績で負けないように勉強頑張ってきた。成績上げて見返してやりたいとか思わないの？」

「他人に勝ちたいとか、競争したいという気持ちになったことがないのでよく分からないです。戦わなければならない厳しい環境に置かれたことがないから自分を変えられないし、世界で戦ったことのある早瀬先生が羨ましいです」

池内君は闘争心の塊のような晶とは真逆だった。飽きやすい性格なので部活動においても複数の部を転々とし、熱中するものがなかった。グルメやファッションにも関心がなく、趣味も、楽しいと思えるようなものもないと言っていた。

「結局、僕には勉強しかないと思っています」

（そんなに勉強好きなのにどうして成績が良くないんだよ？　なんか捉えどころのない学生だな……どうやって指導すればいい？　しかし努力も才能の内と言うし、池内君の場合、誰より努力する才能に恵まれているから何とかなりそうか？）

人一倍努力した割には、その後も進級判定の時期がやって来る度に危なかった池内君だがどうにか留年することなく4年生に進級することができた。

歯学部の学生は病院実習の前にComputer Based Testing略してCBTを受けなければならない。プレ国家試験とも言えるCBTを受けるのは医学部の学生と同様である。池内君も4年生となり、CBT受験がいよいよ迫ってきた。

「今、部活をやめようかと思っているんです。1年生の時の成績を折れ線グラフで例えるとこの辺（平均よりもかなり下のほう）で、2年生ではこの辺（底辺に近いほう）、3年生では大体この辺（限りなくどん底のほう）なんです」

「池内君、ずっと低空飛行だね！」

「このままだとＣＢＴに受かりそうにありません」

「これから上昇気流に乗ればいいんだよ」

「そんなの、どうやって上昇気流に乗ればいいんですか？　今までだって自分なりに相当勉強してきたのに、どうしても頭に入らなかった」

「ＣＢＴに受かるか受からないか、やってみなければ分からないでしょ！　もし、勉強して分からない所があれば、ちゃんとその教科の先生の所に質問に行きなさい」

「僕は何度聞きに行っても覚えられないからきっと先生方に『バカ』って言われるだけです」

「人に『バカ』と言われたからって、それが何なの？　アップルコンピュータの創業者スティーブ・ジョブズ氏も『バカのままでいなさい』って言ってたよ。『バカ』って言われたら、スティーブ・ジョブズ氏にそうしろと言われましたって反論すればいいから。グダグダ言ってないで、とにかく今すぐにでも生体工学の勉強を始めようか！」

それが長きにわたる壮絶で地道な戦いの始まりだった。


『ＣＢＴ大作戦　その１　目の届く距離』

ＣＢＴ合格を目指して一緒に頑張る決意をして以来、まず晶が心掛けたのは出来るだけ毎日声を掛けることだった。池内君の行動パターンは大体決まっていて、朝は授業が始まる相当前から学内書店の前に置いてあるテーブルとソファの周辺で勉強していることが多かったので連絡事項がある時は、晶は学内書店の近くまで行けばよかった。

『CBT大作戦　その2　とにかく笑っとけ』

次に、不安を吹き飛ばすために敢えてやってみたのは、会話の内容を笑える話にすること。必ずしも笑い話でなくても構わないが、（どうでもいい）楽しい話をしておくこと。ハッタリでもいいから笑顔でいることがリラックスした精神状態につながるはずなのだ。決して深刻な話も悲観的な話もしてはならない。

『CBT大作戦　その3　同じ釜の飯』

晶の所属している講座では、伝統的に、『同じ釜の飯』を口にする者は『同胞』だという考えを持っていた。そこで晶は仲間意識を強くするため勉強の前後に池内君とお菓子や軽食をいただくことにした。もっとも池内君は『甘い』という味覚を認識できない体質だったが（池内君は元気が出ない時に甘いものを食べて疲れを癒すこともできないし、『甘味』を感じないから食事を美味しいと思うこともない訳か……）。そんな池内君だったが、ティータイムの雰囲気や甘くないお菓子の食感や外観は晶と一緒に楽しむことができたようだった。

『CBT大作戦　その4　他学年との交流』

その頃の晶は2年生の留年組の担当（問題児たちの指導）をしていた。留年したことのある学生は当然、成績面で不安を抱えている訳で、その中でも特に退学が懸かっている学生を晶は夏休み中に研究室に来させた。晶の担当学生の中で該当する（つまり退学リーチの）2年生は一人だけだったので、毎日大学に来て勉強している池内君も呼んで側に付き添ってもらった。担当教官の晶に対しては「はぁ」とか「ふぅ」とか「……」とか要領を得ない言葉しか発したことのない2年生が池内君の前では会話が成立し、時折笑顔を見せていた（晶以外の教員は「アイツの笑った顔見たことない！」と言っていたが）。部活をしたこともなく友達もいない内向的な学生だったから池内君が隣にいてくれるだけでも心強かったのだろう。

夏休みの終わりには大学のすぐ近くの会場で学会の地方支部会が開催された。飽きやすい性格の池内君だがそれ故に何にでも参加してみたがる癖があり、それまでにも晶が理事をやらされていた同窓会の分会の講演会を聴きに来たりしていた。大学院にも興味を示していたようだったので、学生は参加費無料の学会に晶の担当学生と一緒に夏休みのイベント代わりに参加してみないかと勧めてみたところ結局池内君だけが来た。以前、池内君のほんとうの【正式な】担当教官だったH先生もその学会に参加していて、「池内は早瀬先生のいる所には何処にでも出没して！」と軽くイジられていたが、当の池内君はちょっと肩をすくめただけだった。

そうして夏も終わり、体育祭の時期がやって来た。祭りのクライマックスには、全員お揃いの法被を着た6年生の先輩たちが御輿を担いで練り歩き、その後、御輿を燃やして国家試験の合格祈願とするのが恒例行事となっていた。池内君のワンダーフォーゲル部員としての仕事は、御輿を燃やす時に使用する灯油を小分けにして袋詰めにするという地味な作業であったが、パン食い競争などの顔が粉まみれになる競技に参加するよりは人気のない涼しい日陰で灯油を詰めるほうがよかった。灯油は揮発しやすいため匂いが充満しないよう片隅で作業しなければならなかったのだ。何百という灯油入り小袋を詰め、終わりのほうでは、最初の頃に詰めたうちの何袋かは二重にしたビニール袋が灯油で溶けかかっていたほど長時間に亘る根気のいる作業だが、地道な努力とニッチな場所が似合う池内君にはぴったりだったと言えよう。

体育祭の灯油の袋詰め作業も無事終わり、やがて文化祭の時期がやって来た。

「部活が忙しそうだけど勉強のほうは大丈夫？　文化祭には参加するの？」

「今年は邦楽部で琴の演奏をして、ガーデニング同好会で苔玉の販売をします」

「池内君、試験が近いのに琴なんて弾いてるヒマあんの？」

「琴の弾き方はすぐに覚えてしまったので大丈夫です」

（琴の弾き方はすぐに覚えられるのに何で試験に出やすい所は覚えられないんだよ）

その頃、晶はかつて祖母と二人（プラス一匹）で暮らしていた一軒家を出て、遺品の整理をしながらにゃん太と一緒にマンションの一室で暮らしていた。祖父の春雄は大正生まれにしては相当お洒落なハイカラモダンボーイだったらしく、鮮やかなモスグリーンの紬や渋い色調の大島紬の和服が遺されていた。晶が男物の着物を着る機会はないが、着ないまま部屋に置いておくのも勿体ない話で、せっかくの機会だから池内君が文化祭で琴の演奏をする時に着てもらおうかと晶は考えた。

「うちに使ってない男物の着物があるから文化祭の時にそれ着て舞台に上がってみる？　おじいち

ゃんのだけど。おじいちゃんもそんなに背が高くなかったから」

「そんな！　いいんですか？　大切な着物なのにお借りしても！」

「ちょうどクリーニングに出そうと思ってたところだから文化祭で多少汚れても大丈夫だし、どうせ着る人もいないし」

貸衣装の手配もバッチリ決まったところで文化祭に向け、ますます張切っている池内君だった。（勉強の方もこれぐらいノリノリでやってほしいよなぁ）。晶の心配をよそに学生たちは文化祭が終わるまで勉強に集中できそうになかった。

学内の保健室は怪我をしたり、気分が悪くなった時にだけ訪れる場所ではなく学生諸君の悩み相談室も兼ねている。池内君も1年生の頃から成績やアレルギー体質のことで何度も保健室に訪れた一人だった。子供のころからアトピーの痒みに苦しめられていた池内君は衣類の素材にも注意しなければならなかった。文化祭も間近に迫ったある日、池内君の他にも悩みを抱えた学生たちが保健室を訪れていた。

「池内先輩、何してはるんですか？」

なぜか数多くの部活に加わろうとする池内君の性質から知っている先輩と後輩の数は非常に多く、顔が広かった。その日の池内先輩は保健室の中でなぜか苔玉作りに励んでいた。

文化祭は毎年10月末に開催されるため一部の学生や近所の子供たちはハロウィンの仮装をしてやって来る。以前アメリカに住んでいた晶にとってもハロウィンの仮装は絶対に外せないアイテムだった。ぬいぐるみのにゃん太が好きな晶は彼とお揃いの猫耳型クリップを頭に付け、猫の手型グローブを嵌めて文化祭に臨んだ。

「早瀬先生、苔玉買いませんか？　（保健室の）みんなで作りました」

ガーデニング同好会の模擬店の店頭には、毬藻のような緑色のボールが皿の上に並べられていた。晶は内心、苔には少しも興味がなかったが、金券とハロウィン用お菓子の金貨を池内君に手渡し、付き合いで苔玉を一つ購入した。

【全然勉強してなくて成績が下位の学生は、やる気さえ出せば伸びるけど、努力してて成績が悪い学生は無理やね。可哀想だけど。そういう学生が一番、同級生からもバカにされるね】

【池内君、どんなに必死で頑張っても多分、国家試験まで持たないよ】

【短時間で集中して効率よく勉強しなさいと言っても、アイツは結構頑固なとこあるから変えるのはなかなか難しいんとちゃう？　皆勤で、しかも毎日夜遅くまで大学に残って勉強しててあの程度なんやから。試験に関係のない枝葉の部分にばかり時間を使ってしまうんやな】

池内君の成績を上げる手立てはないものかとベテランの先生方の意見を聞きにいった晶だったが、結局は不安感が増したに過ぎなかった。今年度は池内君にマンツーマンで何十時間も生体工学の勉強を教えた上、担当学生を夏休みに来させたりもしたせいで学生に対する指導時間はすでに前年度を大きく上回っている。生体工学の勉強だけならいくらでも晶は教えることはできるが、１教科だけでこんなにも時間が掛かるのに他の教科は間に合うのか心配だったのだ。

（長年教育に携わってきた先生方の意見も徒疎かにはできない……）

（池内君が国家試験に合格できる確率はかなり低いと覚悟しておかなければ……）

（どんなに低い確率でも、勝率１％以下でも、もう、こうなったら奇跡を信じて前に進むしかないな！）

　晶の心配をよそに池内君はニッチな場所（壁龕）でクリスマスツリーの準備を進めていた。そうとは知らない晶は、毎日試験勉強ばかりしている池内君のことを可哀想に思い、クリスマスパーティを計画していた。祖母の澄美子の存命中は早瀬家ではクリスマスには必ずケーキとデパートの決まった店で買う照り焼きチキンでお祝いしたものだった。今年もまたいつもの店でとても柔らかくて美味しい照り焼きチキンを買ってきて池内君や研究室のみんなと食べた。池内君はケーキの美味しさは分からないものの、「照り焼きチキンは味がしっかり付いていて美味しかった」と言って喜んでいた。帰りに晶が学食の前を通った時、どこかの誰かが作った巨大なクリスマスツリーがピカピカ光りながら校庭に立っているのが見えた。

　年が明け、ＣＢＴが目前に迫ってくると晶は何かと理由を付けて連日のように池内君を研究室に来させた。どうでもいい世間話をしている間も晶は池内君の首の周りの皮膚の状態が気になっていた。ストレスによるアトピーの症状は特に首の周りに出やすいからである。額と首の周りが若干赤くなっているようだったが態度と表情は普段の池内君と変わらなかった。大きな試験前に普段通りの気持ちでいることは勝つためには重要なことである。

「なかなか覚えられないと言っていた薬剤の名前全部覚えてきたかな？」

「図にまとめて何度も紙に書いて覚えました！」

「じゃあ、その紙、一切見ないで覚えてきた名前全部言ってみようか！」

「ええーっと……鎮痛薬の分類は……」

若干顔を引きつらせ、目を細めながら記憶を反芻するかのようにたどたどしく答える池内君であった。

そうこうしている内にあっという間にCBT当日がやって来た。CBTが終わってからは晶が声を掛けなかったのでしばらくの間、池内君は研究室に姿を見せなかった。CBTの結果が気になり始めたある日、神妙な顔をした池内君が研究室に来た時には晶は内心ドキドキした。

「CBT受かってました」

「（珍しく本試験で受かって）よかったね。せっかく受かったのに何でそんなにテンション低いの？？？」

「平均点を大きく下回った領域があったので合格点ぎりぎりで受かりました。かなり際どい所でした」

「そんなに悪い科目があったのに他でカバーできたって事はそれだけ成長した証じゃない？　あとは国家試験までに苦手科目を克服すれば大丈夫。池内君が4年生になり立ての頃はCBT受かりそうにないって言ってたけど、結局フタを開けてみたら、ちゃんと本試験で合格できたじゃない！」

晶がおだてると池内君は満更でもなさそうな顔になり、「そうか、苦手科目をカバーできるまでに自分は成長しているのか」と納得したようだった。

あれほど心配したＣＢＴも（ギリギリすれすれとはいえ）無事通過できた。努力に勝る才能なし。地道に努力さえすれば奇跡は起きるかもしれないとその時、晶は思った。

年度が変わり、５年生に進級した池内君は付属病院の実習生としてＮ坂において臨床の現場に出るようになった。そして、前年度に引き続き、晶は２年生の留年生たち（新たな問題児たち）の指導を担当することになった。

篠原君もそんな留年生の中の一人で、１年生を３回も経験したために次に留年すると退学が決定してしまう分岐点に立たされていた。つまり、ここからの１年間が篠原君にとってのラストチャンスだった。篠原君を指導する上で傾向と対策を考えようと前年度の成績を閲覧した晶だったが、一瞬、「絶望」の２文字が脳裏をかすめた以外は何の参考にもならなかった。

退学に王手がかかっている篠原君はもちろんのこと、もう一人、晶の不安を掻き立ててくれる存在がいた。進学校を中退し、大学検定を受けて歯科大学に入学したものの１年生を２回やってこの度、晶の担当学生となった国枝君である。晶の母親の響子もまた、高校中退、大学検定、大学中退という学歴の持ち主なだけに、国枝君には決して響子の二の舞にはなってほしくないと晶は心から願った。

前年度の篠原君の成績をいくら眺めても埒が明かないので、なぜこんなにも成績が悪いのか、１

年生の頃の篠原君をよく知る人物に晶は理由を聞いてみた。

「篠原君は1年生（3回目）の時の成績がどうして学年で最下位なんですか？　よっぽど不真面目な学生ですか？」

「篠原は決して態度は悪くないし、不真面目な学生とちゃうよ。入学したての頃は成績も平均的やったし。家庭の事情が複雑なだけや。お母さんはずっと前に亡くならはって、お父さんが頑張ってはったのに、そのお父さんも倒れて動けなくなってからはお姉さんが親代わりやけど、お姉さんも結婚して地方に行ったからなあ」

　この世で最も我が子を守ってくれる存在である両親が不在の状態であるなら、尚更、自力で生きていくための技能や国家資格が必要である。晶は、退学に王手をかけている篠原君のことが~~（理解できなかった）~~【心配だった】。

　一方、N坂の付属病院に行った池内君は持ち前の要領の悪さで臨床実習でも大いに苦戦していた。晶のいるK坂学舎の研究室とは場所が離れているため、今までのように勉強をサボっていないか毎日見張ることもできなくなり、晶は池内君のことも心配だった。CBTは何とかギリギリで通ったので、このまま5、6年も無事に通過してほしかった。しかし、元気に頑張っているか電話で様子を探ってみても顔が見えないので池内君の状況は摑みづらく、時間が合わないために中々通話もできなかった。晶が「人をダメにするソファ」でうたた寝していた時に池内君から折り返し電話があり、つい寝ぼけた声で電話に出てしまったこともあった。その頃、大学の先輩が食育のための手作り味噌教室をやっていて、無添加の味噌はアレルギー体質の人向きかもしれないと思った晶は池内君と一緒に体験教室に参加することにした。それまで味噌や醤油は既製品を店で買うものだと思っていた晶は初めて大豆から味噌を作る過程を知ることができた。久しぶりに会った池内君はビニール袋に入った大豆をとても丁寧に足で踏んでくれて、この手の地道で単調な作業がよく似合っていた。手作り味噌教室に参加していた子供たちからも池内君は人気者で、その場に馴染んで楽しそうに大豆を踏んでいた。しかし、既製品の味噌と違い発酵させるのに何カ月も掛かるため、最高に美味しいと評判の味噌はどんな味なのか、すぐには分からなかった。

（もっと私をよく見て！　ここには誰もいない！　寂しい！　苦しい！）

篠原君、国枝君と同じ学年の女子の中に学内で有名な学生がいた。彼女は留年したことがなかったので晶の担当からは外れていたが数々の奇行は晶の耳にも入っていた。晶の師匠である吉田先生であれば彼女のことを問題児（厄介者）扱いせず、「精神的に弱い子」と言っていただろう。晶の師匠は弱者に対して思いやりのある人だった。

一方の、篠原君、国枝君は人前で奇異な行動を取るようなことは決してなかった。二人とも分かりやすく反抗的な態度を示す訳でもなく、攻撃的な言動もなかった。あまり構ってほしくないためか、他人と関わらずに大人しく目立たぬように振舞っていた。晶ともそれほど親しく会話することはなかった。

手作り味噌教室の後も時々、同窓会の用事や買い物などの私用でＮ坂に行く機会があれば、平日も休日も付属病院に来て勉強している池内君に会ってたわいも無い話をした。やがて夏が近づいて来た。そんな時だった。大学中を騒然とさせたある事件が起こったのは。

学生の夏休みが始まる直前のことだった。G教授室から晶のところに呼び出しの電話がかかってきた。またもや担当学生が問題を起こしたのかと不安に思い、晶は教授室まで走って行ったのだが、実際には晶の担当ではない女子学生が人前で服を脱ぎ裸体を見せようとした話を聞かされただけだった。「ところで早瀬先生、いつも猫の肉球の話するよね。欲求不満のせいでずっと肉球のことばかり考えているんじゃないのかな?」。G教授は実家がかなり裕福で、貧しく真面目に生きる人たちを今まで徹底的に嘲笑ってきた。それはこの大学の出身ではなく、外部から来た外様の教授で任期制という不安定な立場であることに対する不平不満の表れだったのかもしれない。どす黒く渦を巻く承認欲求。成金主義を象徴するかのような派手な色のスーツを着たG教授は、喜色満面の笑みを浮かべながら、教育とはまったく関係のない厚顔無恥な話を続けた。

瞳先輩は2年生からの編入生で現在4年生、1学年上の池内君から話を聞き、夏休み期間中に生体工学の研究室の机を借りてCBTの勉強をしに来ていた。瞳先輩は他大学を卒業したのち歯科大学に編入しているので同じ学年の学生よりも、やや年上だ。

「この前、4年の講義室に乱入してきて、ヘソ出した状態で部活の先輩に取り押さえられていた子、顔がピカチュウにソックリやった、チークの塗り方のせいで、ピカチュウ風メイクになってた」

瞳先輩は美人だが口は悪かった。篠原君、国枝君の二人は、夏休み中も登校して9月の単位試験に向けて勉強することを晶に強要されていたため仕方なく毎日研究室に来て勉強する振りをしていた。学生が研究室に来る時は（ほとんど毎日だが）勉強で疲れた頭脳を回復させるため、晶は冷たい飲み物と甘い物を用意していた。

「早瀬先生、餌付けですか？」

やはり瞳先輩は口が悪かった。

「人聞きの悪い！　拾われてきた小動物じゃあるまいし餌付けの訳ないでしょ！」

「僕、小動物系です」

「こんなデカい小動物がいるか！」

今年もまた、４年、２年の合同チームで厳しい夏を乗り切る作戦だった。

密室の状態のG教授室の中で下卑た話を聞かされている間は、拒否するような態度を取ることにより相手を逆上させ、晶の身に危険が及ぶ可能性があった。そこで晶は、その場は世間話でも聞いているかのような穏やかな表情でG教授の話を受け流している振りをした。無事教授室を抜け出した後、混乱が恐怖心に変わり、晶は自分がセクシャルハラスメントを受けたことに対するショックを自覚せざるを得なかった。その日からは、心臓の動悸による不眠が続き、疲労がピークに達した晶は夜中に間違ってエアコンの暖房のボタンを押して危うく熱中症で死にかけたこともあった。賑やかな音楽やテレビなど、外界からの刺激は一切受け付けなくなっていた。祖母の澄美子が死んで天涯孤独になったばかりの時期に被害を受けたことも晶の人間不信を強くした。守ってくれる親や親代わりになってくれる存在がいないような弱い立場の人間に対して他人はここまで残酷になれることを思い知らされた。しかし、その時点でセクハラの加害者の方はまだ自分の言葉が相手を傷つけたという認識はなかったのかもしれない。一緒に食事をする誘いについてはきっぱり断り、もう呼ばれても二度と教授室へ行きません、理由はあなたのセクハラです、そうメールで伝えたところ、直後に携帯電話に電話が掛かってきた。晶を脅迫して口封じでもするつもりで掛けてきたのだろうか。着信の相手の名前を見て恐怖を感じた晶はその時、電話に出られなかった。

その状況の中、混乱した頭と心で、まず晶が思い出したのは担当学生のことだった。特に今回、退学がかかっている篠原君の行く末が気がかりだった。次に晶は、セクハラがエスカレートした場合、遠くない未来に今度は女子学生が被害に遭う可能性を考えた。もう、ここで食い止めなければならなかった。

晶がG教授からの着信を無視した後しばらくの間は音沙汰がなかったのだが、とうとうしびれを切らした教授から（仕事にかこつけて、晶以外の教員も含めて）直接、対面で晶に会うための呼び出しのメールが届いた。

自分の身を守るために、担当学生を守るために、ここは戦うしかなかった。

大部分の教授がそうであるように晶が所属する生体工学講座のB教授も事なかれ主義である。晶の師匠である吉田先生が在職中であれば状況は違っていたかもしれないが、普段から晶を快く思っていないB教授であればセクハラを告発してもG教授と結託して握りつぶされてしまう可能性があった。なかった事にさせないために晶が考えに考え抜いてひねり出した方法は、学部長に直接メールで被害状況を伝え、今後は仕事の用事で呼び出されても決して応じないと宣言することだった。

セクハラの被害者が権力を持たない場合には、さらにセカンドセクハラの被害を受けたり、時には被害者が退職に追い込まれることもある。今度の戦いで被害者が辞職したら正義が負けたことになると晶は考えた。それでも晶は不安と恐怖でずっと震えていた。苦しみの余り晶はいつものように池内君と電話で話をしようとしたが池内君は他のことに気を取られているらしく迷惑そうなそぶりだった。その後、何度か電話したが反応がなく、着信拒否あるいは電話番号削除のため晶からの電話だと気が付かなかったのかもしれないと晶はその時思った。誰でもセクハラ問題の渦中にいる厄介な存在には関わりたくもないのだろう。それに、池内君も今や立派な病院実習生になり、今までのように晶が側についていなくてもやっていけるということなのだろう。

もしも晶が大学を去るようなことがあっても池内君が驚かないように、晶は最後に池内君と電話で話をした。

「今からＧ教授をセクハラで訴える」

池内君は黙っていた。晶がセクハラの被害に遭っても池内君は平気なんだと晶は受け取った。

「大学を辞めるかもしれないし、もう池内君に連絡は取らないけど私がいなくても大丈夫だと思う。これからも頑張ってね」

「早瀬先生！　でも……まだっ……」

電話を切った後で晶は池内君の連絡先を削除し、こうして晶がとても大事に思っていた絆も失われてしまった。

N坂の付属病院に長年勤務している辻岡先生は晶が学生の頃からお世話になっている女性准教授で、同窓会の仕事でも辻岡先生とは話をする機会が多かった。晶の周囲に親しく話ができる女性教員は少ないので、女性の立場から学内のセクハラについてどう思うか辻岡先生に話を聞いてもらうことにした。

「貴方の勇敢な決断、同じ女性として感服いたしました」

「でも、セクハラの件に関して大学側から何の反応もなくて毎日が不安で仕方がありません。これ以上どうすればいいんでしょう?」

「早瀬先生、毅然としていなさい」

何故か、晶が今、ピンチに陥っている事が以心伝心で伝わったかのように突然、学部学生の1年の頃から毎年年賀状を送ってくれて、その後、臨床系の大学院に進んだ教え子の安本先生が焼き菓子のお土産を手に研究室にやって来た。安本先生はお土産を渡しに来ただけでロクに話もせずにすぐ帰ったのだが、精神的に追い詰められてどん底だった晶は教え子の元気そうな顔を見ただけでも救われた気分だった。

四国の実家にしばらく帰省していた瞳先輩も夏休みの終わりに晶のところに顔を出してくれた。

「先生にお土産があるんですけど気に入って頂けるかどうかは今回、賭けです。ちゃんと教科書の間に挟んで持ってきたのですが……」瞳先輩は教科書のあちこちを探してやっと見つけた。

「あったー」。2枚1組の四つ葉のクローバーだった。

「幸運を呼ぶ四つ葉のクローバーを二つもいただいてしまっていいの？」

「うちの実家の近くでは結構たくさん見つかるんですよ。遠慮なさらずにどうぞ」

　晶は２枚のクローバーのうち１枚を、ずっと四つ葉のクローバーを探し続けていた岩崎さんに送り、二人でお揃いのペア四つ葉のクローバーにした。


　あれだけ夏休みに研究室に来て勉強している振りをしていたにも拘わらず、晶の担当学生の中では篠原君と国枝君の二人だけが９月の前期試験の全科目で「不可」を取った。２年生全体の中で全科目落としたのはちょうど７人だったので、この７人は後に「神７」と呼ばれるようになった。退学リーチではない国枝君の方はまだしも、退学リーチの篠原君が全科目落としたのは晶にとって完全に理解不能だった。池内君も所々、理解不能な部分はあったが、真面目に勉強に取り組んで努力している姿勢は理解できた。今度の二人に関しては理解しようとしても無駄なので、無駄な努力は止めることにした。

（篠原君は３年に進級できるのか？　もし奇跡的に進級できたとしてもこれから先、４年のＣＢＴ、６年の国家試験で苦しみ抜くことになる。それならいっそ、今、退学した方が篠原君にとっては幸せなことかもしれない）

（それでも。こんな絶望しか無い危機的状況の中であっても退学するまでは篠原君は私の担当学生だ）

　泣いても笑ってもこれが最後。晶は来年の３月まで篠原君と一緒に走り続けることにした。

（コロナ禍の前までは）秋は研究者にとっての学会シーズンで、晶も発表の準備に忙しかった。発表の準備が粗方終わり、にゃん太がお留守番をしているマンションの一室に帰ろうとした時、晶は道端で、紐に括り付けられた鍵と子供向けスマホを拾った。スマホに登録されているはずの落とし主の親御さんの番号に掛けてみたが、日本語以外の言語が聞こえてきて意味は分からなかった。落とし主が鍵っ子であれば家の中に入ることも、通話することもできずに困っているだろうと思った晶は最寄りの交番までタクシーで行き、落とし物を届けた。

もう一度マンションに戻ってきた時、この世の終わりみたいに泣き叫ぶ子供の声が聞こえてきた。余りにも悲痛な声だったので晶はその声が聞こえる方へ近づいていって子供たちに理由を尋ねた。ワーワー泣いている子のお兄さんの話によると、鍵とスマホを路上に置いてどぶ川のザリガニと戯れていたらそのまま忘れてしまい、二人で悲嘆にくれていたことが判明した。二人ともずぶ濡れで不安そうに震えていた。兄弟を連れてタクシーに乗り、もう一度鍵を届けた交番に戻り、お巡りさんに事情を説明した。中国人の親御さんとも連絡が取れて、お巡りさんが晶のマンションから少し離れた二人の家まで送り届けてくれる手筈になり、やっと晶はお役御免となった。辛い時や悲しい時、あんなに自分の気持ちに正直に手放しで泣ける子供たちを晶は羨ましく思った。池内君は元気でいるのだろうか？　ふと気がつくとその時の晶は鍵をモチーフにしたペンダントをつけていた。思わぬハプニングだったが、子供たちと過ごした短い時間は晶を久しぶりに清々しい気持ちにした。後日エレベーターの中で、同じマンションの下の階に住んでいる人から「先日、うちの子の友達が鍵をなくした時、助けてくださってありがとうございました」と丁寧に挨拶された。同じマンションに住んでいる人たちは大人から子供まで礼儀正しい人ばかりで感じがよかった。そのマンションの中では、すでに水面下で異変が起きていたのだが晶はまだ気づいていなかった。

１年前の文化祭では池内君がガーデニング同好会で苔玉を販売していた。あの頃は毎日のように一緒だった。文化祭で働かされるのは主に１～４年生の部員で、今年は池内君がＫ坂学舎のほうで開催される文化祭に参加するはずもなく晶は寂しかった。

ところが、模擬店と模擬店の間の人混みの向こうから池内君によく似た人物が歩いてきたのを見て晶は驚いた。夏頃に連絡が途絶えて（途絶えさせて）以来、初めて池内君の顔を見た晶はまだ心の整理がついていなかったために避けるようにして足早に模擬店の前を通り過ぎた。まだセクハラ事件の顚末もどうなるか分からない。晶に関わらないほうが池内君にとっても身のためだと思った。

「セクハラ事件」の最後は思わぬ形であっけなく幕を閉じた。晶は全く知らなかったのだが他にもパワハラだかセクハラだかの被害者がいたらしく、晶の告発を皮切りにMe Too運動が起きたという話をのちに聞いた。その結果、Ｇ教授に降格処分が下されたのだった。最悪の場合クビになることも覚悟していた晶はこれで少し安心した。流石に、もうこれ以上この大学の中でセクハラはできないだろう。

最後に池内君と電話で話した時に、もう晶が側についていなくてもアイツは一人でやっていけるだろうと勝手に晶は決めつけていた。ところが風の便りに聞いた話では池内君の5年での成績はガタガタらしかった。池内君が同窓会の講演会に学部学生として参加して以来、普段から目をかけてくれている辻岡先生も成績不振のことを小耳に挟んだらしく、心配して晶に探りを入れてきた。しかし、音信不通の状態が長く続いていたため晶にも現状は摑めていなかった。

「最近、池内君とは一度も会ったことも話したこともないです。どうやら池内君は私の電話番号を削除したらしくて」

池内君がN坂の付属病院に行ってからはすっかり疎遠になってしまい、彼女でもできて池内君のほうから離れていったのだろうと晶は思っていたのだが（あれ？　池内君ってほんとにそんな子だっけ？）。晶の知っている池内君は相手に利用価値がなくなったからといって急にそっぽを向いたり、手のひら返しをするような人間ではなかった。（もしかして……アイツ無茶苦茶要領が悪いから……もしかすると、臨床実習の技工やレポートに時間が掛かりすぎて本当に電話で話すタイミングが分からなかっただけとか？　最後に電話で事情を話した時も何て答えたらいいか分からないからずっと黙っていただけだったとか？）

「私の担当学生は2年生です。池内君の担当教官ではないので5年生の指導をする義務も責任もないです。もう連絡先も分からなくなってしまって今さら連絡の取りようもありませんし」

「早瀬先生！　貴方はこの大学の教員でしょ！　学生の心配をするのに2年生も5年生も関係ないわ！　5年生になったから関係ないなんてことはないの！　無責任なことを言いなさんな。ちょうど実習で池内君と話す機会があるから、今までずっと一緒だったのにどうしてこんなことになったのか事情を聞いてみます。それでいいのね？　早瀬先生？」

師匠の吉田先生が退職してからは晶を本気で叱ったり諫めたりしてくれる存在はいなかった。嬉しかったが、自分はまだまだ頼りない人間だと晶は思い知らされた。

「この前の実習後に池内君に話を聞いてみたわ。あんたな、４年生の時にずいぶん早瀬先生に世話になったそうやな、最近なんで連絡取らへんのや、って聞いてみたら、（あれは早瀬先生が急に……）とか、（僕は何も……）とか、ごにょごにょと要領を得ないことを言ってたけどな。早瀬先生のほうから連絡してくれたら必ず話するそうや」

（そんなっ、まだ心の準備がっ。もし池内君のことを勘違いしていたのだとしたら、勘違いで縁を切ったのだとしたら、今更何て言って謝ればいい？）

半ば絶望的な気分で再び池内君に電話を掛けて話すことにした晶はこの時、固く決意した。（今回の件、もし池内君が許してくれたら、もう一度前みたいに話が出来たら、もう二度と池内君を疑ったりしない、国家試験に受かるまでもう二度とこの手を離さない！）

「池内君……ごめんなさい……」。その時の晶は、ごめんなさい以外の言葉は思いつかなかった。

「G教授の発言の中に女性を侮辱する内容があった。見過ごせないと思った」

「僕のほうこそ早瀬先生が大変な時にすいません。掲示板でG教授が処分されたの見ました。大変な状況の時は誰でも疑心暗鬼になったり、人格が変わったりします。でも僕が先生の電話番号を削除したというのは誤解です。その証拠に、削除してなかったから今も早瀬先生からの電話に出たでしょう」

晶が以前のように笑顔で池内君と話すようになって一番喜んだのは勿論辻岡先生だった。辻岡先生に叱られなかったら、きっと晶は取り返しのつかない間違いをしでかす所だったのだろう。

その年のクリスマスパーティに池内君は残念ながら参加できず、柔らかい照り焼きチキンは食べられなかったが、以前、晶が鍵っ子の鍵を拾った時に身につけていた、幸運を呼ぶ小さな黄金の鍵をクリスマスプレゼントとしてゲットすることができた。

一方、前期試験で全科目落とし、「神7」と呼ばれたうちの二人、篠原君と国枝君は単位試験への再チャレンジを行っていた。退学リーチだった篠原君は再試験のほうは全部拾えていたが、国枝君のほうは退学リーチではない分、悲壮感が足りないのか、再試験で受からない科目もあり、晶をヤキモキさせてくれた。

そうこうしている内に後期本試験の試験期間もスタートした。前期の再試験の勉強しかしてなかった篠原君は初日の科目で百点満点の19点という衝撃的な点数をたたき出し、晶の寿命を縮めてくれた。勿論ぶっちぎりの最下位で、「ほんとにやる気あんのか？　もう、退学しそうだ」と晶は絶望的な気分になった。国枝君は篠原君と比べると、その科目は少しだけマシだった。

生体工学の単位試験は最終日だった。そして、これが奇跡のV字回復の始まりだった。

本試験が始まる前に行われた生体工学の中間テストでは篠原君、国枝君は共に下位から数えてトップ10以内に確実に入っていた。流石は「神7」と呼ばれるだけあって堂々たるランクイン振りだった。二人の中間テストの結果を見ても晶は焦らなかった。晶の授業を受ければ本試験でこの結果を覆せることが分かっていたからだ。そこで最後から2番目の科目試験が終わり次第、篠原君、国枝君の二人を現代版・松下村塾に呼び出し、「地獄の４日間・集中講座」を受けてもらうことにした。「お前らはバカじゃない」ということを試験結果を見て体感させ、「神７」の称号を返上してもらうために。そして未来の歯科界を担うサムライになってもらうために。

中間テストの配分が低かったこともあり、二人とも本試験終了後のトータルの評価は１００人ごぼう抜きの「優」だった。晶はデコレーションケーキの上に乗っているプレートに「優」「おめでとう」と書いてもらって奇跡の「ダブル優」を学生たちと祝った。

ケーキの記念撮影をしたのち、たらふくケーキを食べてから、二人仲良く帰ってゆく道すがら篠原君と国枝君は今回の試験結果について語り合った。

「なあ、国枝、もしあの地獄の４日間がなかったら俺ら絶対、生体工学の単位を落としてたな」

「ああ、『優』どころか『可』すら取れてなかっただろうな」

晶の狙いは最初からこの二人に「優」を取らせることだけだった。

全員が「優」を取れるような科目以外で篠原君と国枝君が「優」を取ったのは入学以来初めてのことだったので、１年生の頃から二人を知っている他の先生方は大変驚き、そして喜んでくれた。

しかしながら、本試験で合格した生体工学以外の科目は従来どおり悉く「不可」だったため、二人が3年に進級できるかどうか、そして篠原君が2年で退学するか大学に止まるのかは予測がつかなかった。生体工学以外の後期試験科目の再チャレンジがすべて終わるまで晶は土日も二人を研究室に呼んで自分の目の届く所で勉強させた。篠原君がここで退学するというケースも何度か脳裏をかすめたが、そうなったとしても互いに「最後までやれるだけのことはやった」と、去り際にキッパリと思えるように、決して後悔しないように、ラストスパートを走り抜くことにした。

進級判定の結果発表からしばらく経って、少し落ち着いてから、篠原君は休日の生体工学の研究室を訪れた。珍しく、その日、晶は休日出勤していなかったので、扉が閉ざされたままの誰もいない現代版・松下村塾は篠原君の眼にはいつもの研究室とは違う場所に見えた。

池内君は6年に進級できたのが奇跡としか思えないほどのボロボロの低空飛行状態で、5年の臨床実習および進級試験を通過した。

篠原君は3年に進級することが決定し、何とか退学だけは免れたが、その結果で本当に良かったのか、まだ晶にも分からなかった。

国枝君は再試験で落とした科目が残っていたために逆転ならず、もう一度2年生の勉強をすることになった。

新年度を迎え、国枝君以外は学年が変わったいつものメンバーだったが、成績のほうは相変わらずの低空飛行状態を保っていた。留年が決まった国枝君も今年は、去年の篠原君同様、退学にリーチが懸かってしまった。もう1年、国枝君の担当に決まった晶は、毎週土日は今までのように篠原君、国枝君を研究室に呼び出し、二人仲良く勉強させた。

3年に進級した篠原君は晶の担当からは外れたのだが何故か頻繁に生体工学の研究室に来ていた。

「あの時はホントに退学するかと思ったー。特に19点取った時とか、まさかの19点とか、19点、マジで【驚】！　とか」

「僕も自分でも退学すると思いました。でも、ダメならダメで仕方がない、その時は潔く大学から去るつもりでした」

「それにしても、地獄の４日間・集中講座はマジでキツかったー。もう二度とやりたくない」

「僕らのほうはそれほどでもなかったです。先生、そんなこと言わんと、教え子を高みに引き上げていくというやりがいのある仕事だったじゃないですか！」

「篠原君も無事３年になったことだし、これからは再試験ではなく本試験で受かるようにしよう！」

「再試のほうがずっと簡単でラクができるんですよ」

「再試験があるからといって試験を欠席するのは以ての外だな。何で１年の時、２科目も欠席してるの？」

「どうせ受けても絶対に受からないことが分かってたら受ける気しませんよね」

「篠原君はやれば出来る人なんだから。大丈夫。もっと自信を持って」

「やれば出来る⁉」

自信を付けさせるために適当に「やれば出来る」などと言ってみたものの、晶自身も半信半疑だった。しかし、篠原君のほうは意外と真に受けやすいタイプだったらしく、晶の言葉を素直に信じていた。彼が努力する楽しさにやっと気づいたのはこの頃だっただろうか。

国枝君は常にスマホの画面から離れられないタイプで、ご両親とも協議した結果、授業時間内は毎日、生体工学の研究室で彼のスマホを預かり、スマホとの物理的距離を置かせることにした。国枝君を退学させないためにはやむを得ない措置だった。スマホの受け渡しの際、毎日のように研究室を訪れていた国枝君と晶はまるで茶飲み友達のようにお茶を飲み合った。お茶の量が少なくなってくると、いつも国枝君が新しいお茶の用意をして常にお茶会が開けるようにしていた。孫からお茶会の話を聞いた国枝君のお祖父さんは時折研究室宛てに高級フルーツを届けてくれた。立派な箱に入った林檎を頂いた時、ちょうど晶が朝の挨拶当番のために校門の前で立たされる用事があった。篠原君にもおすそ分けするために晶は林檎を手に持って篠原君の登校を待っていたが、彼は林檎を受け取らず、見知らぬ他人の振りをしていた。

「先生、朝のは一体何なんですか？」

（それはこっちが聞きたい）

「暴挙ですよ、暴挙。生体工学の研究室以外の場所で今朝のような暴挙は止めていただきたい」

「せっかく高そうな林檎を貰ったから一つ分けてあげようと思って」

「あ、それ、俺のお祖父ちゃんが勝手に送ったヤツや」

学生同士の閉ざされた社会では、学校の先生のような大人側に属する人間と仲良くすることは周囲の反感を買い、冷やかしの対象になるらしい。「赤い林檎事件」以降、生体工学の研究室以外の場所で、他の学生がいる時には晶は篠原君に話しかけないようにした。その点、池内先輩は他人の反感を買わない得な性分で、周囲の学生の目は意に介さず、どんな先生とも話をしていた。

ここまで留年することなく最終学年である6年に（ボロボロの状態で）進級した池内先輩だったが、ここに来て今までの努力と根性が卒業試験においては通じなくなってきた。第1回が終わった時点ではまだ奇跡の逆転劇を信じて応援し続けた晶だった。しかし、第3回が終わった時点では、長年、教育に携わってきた者の経験と直感によって晶には今年度、池内君はもう無理なことが分かってしまった。無理だと分かっていても、それを本人に言う訳にもいかず、平気な顔を装って見守り続けた晶だったが、「セクハラ事件」の時（池内君が5年の時）に一瞬でも彼の手を離したことを悔やんだ。

相変わらず、アニメやゲームに逃げるばかりで、鳴かず飛ばずの日々を送っている国枝君だったが、「優　おめでとう　ケーキ事件」以来、（学年は異なるが）篠原君とは友達になった。退学リーチを経験したことのある篠原君なら国枝君の気持ちが分かるだろうと安易に考えた晶は、「国枝君の面倒を見てやってほしい」という名目で篠原君に休日も来てもらっていた。しかし、後から思えば、この頃から二人の間には細かな亀裂が入っていたのかもしれない。国枝君が全く変わろうとしなかったのに対して、篠原君のほうは少しずつ変わり始めていたからだ。

ちょうど1年前の前期試験ではすべての科目で「不可」を取った篠原君だったが、生体工学で「優」を取ってからは、生体工学と関連のある臨床系の科目において本試験で合格できるようになり、学年での順位も（最底辺から）やや上向きに変わってきた。

国枝君のほうは「神7」と言われた1年前と比べ、2回目の2年生ではマシにはなっていたものの、それほど大して変わっていなかった。

秋になり、篠原君、国枝君の二人は前期で落とした科目と後期から始まる科目の勉強で忙しくなった。やがて秋も深まり、厳しい冬がやって来る前に6年の池内先輩の留年が決定した。

晶の所には、池内君が「留年した」だの、「死にたがってる」だの、「でも体育祭には参加してた」などという錯綜した情報が伝わってきていたが、とにかく晶は池内君と電話で話をすることにした。話をすると言っても、いきなり、「死んじゃダメだ！」みたいな、突っ込んだ話も出来ないので当り障りのない話をして声を聞いた程度だったのだが。以前から晶は決意していた。池内君が国家試験に受かるまで絶対にこの手を離さない。もし国家試験に受からなかったとしてもこの手を離さない、と。

2回目の2年生であるにも拘わらず、前期試験で半分以上の科目を落とした国枝君のために晶はある提案をした。アニメやゲームなど2次元の美少女が好きな国枝君が再試験で1科目受かる毎に1「美少女ポイント」を進呈し、すべての「美少女ポイント」を集めると「美少女のイラスト付きサイン色紙」が貰えるという条件を出してみた（ただし、このような晶のやり口に対しては、他の先生方から、「なんか小学生にトークン（コイン）与えて行動変容させているみたい」というご意見もしばしばあった）。この「美少女ポイント」作戦の決行のために晶は事前に美少女画の世界ではレジェンドであらせられる高橋真琴画伯のサイン入り色紙を手に入れていたのだった。

一方、篠原君のほうは3年の前期試験では再試験の科目が少なく、今年は退学リーチでもないので国枝君よりも気持ちの上では余裕があった。しかし、彼は「美少女ポイント」を付与されている国枝君のことを羨ましがって、「僕も何かのポイント欲しいです。でも美少女ポイントは絶対に要りません。食べ物がいいです」と言っていた。結局、篠原君には後期試験15科目を本試験でクリアする毎に１「神戸牛ポイント」が付与され、15「神戸牛ポイント」を集めると神戸牛のステーキが贈呈されることになった（餌付けではない）。

年が明けるとすぐに、池内君が受験することの叶わなかった歯科医師国家試験の試験日がやって来た。毎年、試験会場には教え子の顔を見に行っている晶だったが、今年は残念ながら池内君のいない試験会場に他の学生の応援をしに行くことになってしまった。あんなに努力したのに今日、試験会場に来られなかった池内君のことを思うと、「今頃、どうしてる？」と晶は心配で仕方がなかった。

朝早く、晶が試験会場に到着すると、その「今頃どうしてるのか」心配していた当の相手の池内君が新撰組みたいな青い法被を着て、颯爽と試験会場に登場していた。

「池内君、来てくれてありがとー。池内君が来ると思わなかったからホントにビックリしたー」

（と口では言いつつ、内心、痛々しいよっ、池内君！）

「わざとビックリさせようと思って黙ってました。サプライズです」

「この法被は何？　こんなんあるの？」

「体育祭の時に作った６年全員の名前入り法被です。今日は今年受験する同級生の応援と、来年の国家試験に向けて試験会場の下見に来ました」

「６年生の名簿代わりに使えてすごく便利な法被だね」

青い法被を着た池内君は誰よりも受験生の心を和ませてくれた。同級生の名前の入った法被を着て、自分は受けないのに試験会場に応援に来てくれた池内君にその場にいた全員が感謝した。

「カンニングの疑いが掛からないようにそろそろ撤収しようか。駅まで一緒に行こう。来年は応援じゃなくて、受験生としてここに来ないとね」

(と今、自分で言ってて、心が痛む!)

「はいっ。来年こそはここで国家試験を受けます!」

(最近のシンデレラボーイは魔法使いのおばあさんに国家試験会場に連れて行ってもらえなくても自らの力で法被を用意して会場まで来るものなのか。それでも家で一人めそめそ泣かれるより今日は池内君の顔を見られただけでもよかった)

　しかし翌年、池内君が試験会場に来ることはなかった。


「青い法被事件」の話を聞いた二人の後輩の反応は、

「ひえぇぇーっ、先輩メンタル強っ!」

「俺、留年決まってたら絶対行けへん!」と、かなりドン引きした様子だった。

　国枝君は集めた「美少女ポイント」でサイン入り色紙をゲットした。しかし、後期試験の科目でも成績は決して芳しくなかったため、新たな「美少女ポイント」を設定することにした。すなわち後期試験、進級試験のすべてをクリアできたら、国枝君が今、最も推しのアニメのポスター風タペストリーをゲットできるという条件だった。一方の篠原君は順調に「神戸牛ポイント」を集めていた。努力に結果が伴うようになり、手ごたえを摑んだことで次第に勉強が楽しくなってきたと篠原君は話していたが、その言葉を聞いた時の国枝君は何とも言えないイヤーな表情を浮かべていた。

　後期試験対策（勉強しているかの見張り）のため晶は毎週・土日は研究室に来ていた。しかし、その日は、学生が実習でお世話になっている福祉施設への手土産を買いにデパートに行かなければならない用事が土曜日にあって、その時偶然、晶は人気ミステリー作家の「有栖川有栖先生サイン会」の立札の前を通りかかった。以前、書店で開催された「有栖川有栖先生サイン会」で、晶は、留学中に読んでいた『作家の犯行現場』という本にサインをしてもらったことがあるが、本格ミステリーの好きな晶にとっては、もう一度有栖川先生のサインが貰えるまたとないチャンスだった。長い行列の末、やっと有栖川先生のサイン本を手に入れた晶だったが、その翌日は晶がまだ一度もサインを貰ったことのない「綾辻行人先生サイン会」が開催されるという告知があり、大変無念だった。

「明日、アイツら二人が研究室に来ない日だったらよかったのになぁ。仕事さえなければ綾辻先生のサインを貰いに行けたのにー！」。後ろ髪を引かれる思いで晶は会場を後にした。

　晶が欲しがっていた綾辻行人先生のサイン入り本と等価交換の結果、遂に篠原君は「奇跡の15神戸牛ポイント」を達成した。

「神戸牛おめでとう！　これ、進級祝いの神戸牛ね」

「後期試験はすべて本試験で合格して、今、学年での総合順位が48位まで上がりました。この結果には自分でもビックリです。今までとは立場が逆転しました」

「すごい！　すごい！　まさに奇跡のＶ字回復だね！　元・学年一のワル（成績が）とは思えない

な！」

（や、い、い、やれば出来るとか言ってみるもんだな）

「1年の時に留年してよかったと思います。留年したからこそ担当教官が早瀬先生になった」

（ドン底からでも這い上がれる。メンタルの強さは池内先輩並みだな。この強さ、自分にはないな。将来大物になれるかも）

「あとは国枝君の進級が決まれば、これからも二人一緒に勉強できるよ」

「楽しみです」

国枝君は再試験と進級試験で苦戦し、最後の最後まで引っぱったが、美少女に対する愛のほうが勝ったためか、五等分の美少女のイラスト入りタペストリーをゲットすることが出来た。それと同時に、晶は史上初の担任持ち上がりによる第3学年の担当に決まった。次年度の晶の担当学生は国枝君を含め、2年で担当した時とまったく同じメンバーだった。

そこで晶は2年での国枝君の担当教官としての最後のメールを送った。

《国枝君、進級おめでとう！　3年になっても何か相談したい事があればいつでも生体工学の研究室に来てください。先生これからもずっと国枝君を応援しています。それでは。　平成29〜30年度第2学年担当　早瀬　晶》

「もうじき新しい元号が発表されるのでスマホの動画を見ててもいいですか？」

新年度に切替わり、篠原君、国枝君も一つ上の学年になったのだが、いつものメンバーは、いつものように研究室で駄弁っていた。

「そう言えば新元号の発表、今日だっけ！　研究室にポータブルのテレビがあるからみんなで一緒に見ようか？」

「新元号、まだ？」

「菅官房長官が入って来た！」

《**新しい元号は「令和」でありますゝ**》

「新元号、何？」

「令和だって」

「令和かぁ。18年後はR18になるなぁ」

「結局、下ネタかよ」

「シノ、3年でも国枝の担当になったの今はまだ内緒な。オリエンテーションの時に愕然とするアイツの顔が見たいから。担当学年はずっと2年で固定されているはずだったのにー。何で3年の担当をしなきゃいけないんだよ」

「先生なら、2年の担当でも、3年の担当でも、やっていけるってことですよ」

「今までに2年連続で国枝の担当してきて、もう次は3年目だぞ！　どんだけ引っぱるんだよ」

「オリエンテーションのあとで、国枝の様子、聞かせてくださいね」

3年のオリエンテーションが始まる少し前に他の3年担当教官と共に、カチッとした紺のワンピースを着た晶が講義室に入っていくと、「ええっ？」「まさか！」「そうなの？」というざわめきが学生の間に起こった。まもなく3年指導教授であるM教授の話が始まり、その後、M教授と共に仕事をするメンバーの紹介があった。最後に晶の名前が呼ばれると、「やっぱりか！」というような、どよめきと笑いが起こった。

「生体工学の早瀬です。みんなと一緒に進級しちゃいましたーーー。これからも一年よろしくお願いします！」

こうして平成最後の新学期は大爆笑とともに波乱の幕開けとなった。大爆笑の同級生をよそに国枝君だけは拗ねた子供のような、詰まらなそうな顔をしていた。

「オリエンテーションどうでした？」

「超ウケた。何故か大爆笑」

「国枝の顔見たかった！　もう6年までずっと国枝と一緒に進級するんじゃないですか？」

「ええっー。ホント勘弁してほしいな」

これから始まる1年間も3人で手を携えて走っていくつもりだった。篠原君も当然それを望んでいただろう。ところがそうはならず、事態は晶が思ってもみなかった方向へ進むことになる。

国枝君の腹積もりでは、晶は2年の担当で固定されているから、3年に進級して晴れて自由の身になった暁には晶から解放されて自分の好きなことをしようと思っていたに違いない。その思惑がはずれた時、おそらく内心困っていたのだろう、面白くなさそうな表情を浮かべていた。これは晶があとで知ったことだが、3年に進級する直前に参加した勉強合宿の間に、以前所属していたアメフト部の部員から戻ってこないかという勧誘を受け、国枝君はもうすっかり勉強よりも部活を優先する気になっていたようだ。前年度から引き続き、しばらくの間は国枝君が3年に上がってからもスマホを研究室で預かっていたのだが、ある日、スマホ保管用ケース（モバイル充電器）を入れ、講義室でスマホを見ている姿を晶が偶然目撃してからは信頼関係も損ねてしまった。

（3年の時にV字回復したシノに続けばいいと思っていたけど、アメフト部に戻るとか一体何を考えているのか、今更ながらホントに国枝は理解不能だな）

「アメフト部事件」に関しては、池内君にも相談して先輩としての意見を聞いてみたが、後にも先にも池内君からこんな長いメールは来たことがないというぐらい長いメールで「僕は絶対に反対です」と返してくれた。今、先輩も2度目の6年生で、とても大変な時期なのに後輩の事をここまで心配してくれているんだな、と晶は思った。最後の手段として、この世で最も深く国枝君を愛している存在である彼の両親を休みの日に呼び出してアメフト部に戻らないよう長きに亘る説得を試みた。しかし、その時すでに国枝君が両親に無断でアメフト部に再入部していたためか、あるいはスポーツでストレス発散したほうがゲームから離れてくれるだろうとの期待感からか、結局、両親ともに部活を認めてしまった。部活に戻るよう勧めた同級生は真の友達ではないと思った晶は最後まで必死で止めたが国枝君は聞く耳を持たなかった。

（国枝が自分の手で「避雷針」を外して、投げ捨ててしまった以上、もうどうしようもないか……）

晶は国枝君が戻ってくるのをずっと待っていた篠原君に残念な結果を伝えた。

「しゃあないっすね」

複雑な家庭の中で育った篠原君は人の力ではどうにもならない事もあると、よく分かっていたのだろうか、若者らしからぬ諦めにも似た言葉を呟いた。

国枝君が生体工学の研究室に顔を出さなくなってからすぐに「令和最初の事件」は起こった。

この年度において、瞳先輩はすでに6年に進級し、晶は付属病院で、瞳先輩の代より1年後輩の病院実習生の授業を担当していた。その中には来年度に卒業試験と国家試験を受けるとは到底信じられないような、そして、すでに実習生として患者さんの前に立っている学生とは思えないような、幼く、だらけた態度の学生も混ざっていた。2年生の頃から彼らの授業態度の悪さをよく知っている晶は授業中、何度も、ちゃんと授業を聴くように厳しく注意した。

そんな低次元かつ不毛なせめぎ合いが何度かあった後、ついに事件が起きた。G教授とも親交が深く、以前から晶のことを快く思っていないB教授はある日、晶にこう告げた。

「早瀬先生の授業、『なんてヒドい授業や！　何で授業担当者を変えへんのや！』と怒鳴り込んできたお父さんがいはって、5年の指導教授に迷惑掛けとんのや。僕もその教授から文句言われてホンマに迷惑してる。僕らにこれ以上迷惑を掛けるんやったら授業の担当から外れてもらうかもしれへん。教育熱心なのはわかるけど過ぎたるは及ばざるが如しや。余計なことせえへん教員の方がよっぽどええわ。早瀬先生は技術だけは優秀やけど」

その数日後、晶がデスクの前に到着してすぐに事務の人から電話がかかってきた。

（先ほどのメールの件ですぐにお返事をいただきたいのですが、今から教務部長との面談が予定さ

れていますので、本日の午前中で面談室にお越しになれる時間を教えていただけますか。学部長がお待ちになっておられます）

（今、メールの返信をしたところですが、時間は何時でも構いません）

（それでは準備は出来ておりますので、すぐに面談室まで来てください。学部長を呼んで参ります）

「セクハラ事件」の時でさえ学部長とはメールでやり取りしただけで、直接、会話をした訳ではなかっただけに「今回はそれ以上の大事件に違いない」と面談室で待っている間に晶は考えた。たとえどんなに偉い人に怒られようと、「もうクビだ！」と言われようと、「学生を甘やかすような教育は本人のためにならない」という信念は曲げることはできなかった。

　学部長が面談室に入って来て席に着いた時、１枚の紙を傍らに置いた。その紙は書類のようにも見え、何名かの直筆署名と印章が晶の視界に入った時、晶は自分の所に血判状か果たし状が送られてきたのかと思った。

「早瀬先生の授業は大変分かりやすいので……」

（はえっ【驚愕】、そんなことを言うためにわざわざ面談室まで呼んだの？）

「授業中に寝ている学生やスマホを見ている学生を注意して授業を中断するのを止めてほしい。少しでも長く早瀬先生の授業を聞きたいので、授業開始時の出席の確認はもっと短くし（晶は不正出席を防ぐために念入りに講義室内の座席をチェックしていた）、授業終了時間の最後まで授業を行ってほしいという要望書が5年生有志一同から出ています。今後の授業では有志のみなさんの要望を優先させるように」

晶の想像とはかなり違っていた内容の面談はすぐに終わった。のちに5年の指導教授から聞いた話では、「確かに早瀬先生の授業に対して親を使って抗議してきた学生はいたが、5年の中でも成績、リーダーシップともに優れ、特待生や総代を務めるトップ集団が、授業担当者は早瀬先生でなければと、教授の所に相談に来たため、それなら要望書を提出してみては」とアドバイスしたのだそうだ。B教授が曲解して伝えた内容と事件の真相とはずいぶんかけ離れていたので、そんな要望書だの、血判状だのが着々と用意されていた事は晶にとっては寝耳に水だった。後になって振り返ってみると、授業終了後に毎回、質問に来る勉強熱心な5年生が必ず3、4名いて、その中には瞳先輩よりも1年後輩の編入生たちが含まれていた。編入生たちは年齢的にも同学年の幼い学生よりも上で、成績も優秀だった。前代未聞の「血判状事件」を起こし、自分たちの要望を貫いた学生たちの知恵と勇気と行動力に晶は完敗だった。晶は今まで自分が学生を守っているつもりでいたが実際にはピンチの場面で学生に救われていたのだった。若きサムライたちが社会に出て活躍する頃にはきっと、多くの人にとっての「避雷針」になり得ると晶は確信した。

やがて夏になり、4年生の篠原君は夏休み中に勉強合宿に参加することにした。以前は四六時中、国枝君と一緒に研究室に来ていた篠原君だったが、近頃ほとんど研究室に姿を見せなくなっていたため、合宿所に差し入れでも持って行ってやろうと思った(決して餌付けではない)。晶は猫耳を付け、「黒猫仮面」の扮装で合宿参加者の前に現れた。周囲を見渡して篠原君を探したが見つからず、しばらく待ってみてから彼の友達に行方を尋ねると、「一昨日、お父さんが亡くならはって、シノは昨日から家に帰りました」と教えてくれた。

晶はすぐに篠原君に電話して声を聞きたいと思ったが、四十九日が終わるまでは忙しくしているだろうと思い、連絡はしなかった。２年以上前から寝たきり状態のお父さんだったとはいえ、（覚悟はしていたのだろうが）これでとうとうシノも晶と同じ両親二人ともいない子になってしまった。しかもシノの場合はまだ歯科医師国家試験に受かっていない。味覚の中で甘味が分からない池内先輩、心が半分無い晶、複雑な家庭で育ったシノ。師弟ともども皆どこかが欠落している。だからこそ今まで弱い小動物同士がかばい合うようにして身を寄せ合い生きてきた。彼らのような若きサムライであれば、飛切り元気な笑顔でこの不幸な運命を、悲劇をも払い除けることができるのだろうか。

年が明けてしばらく経って、進級と卒業が決まる年度末がやって来た。アメフト部に戻った国枝君は案の定、３度目の留年が決定し、篠原君は思ったほど成績は伸びなかったものの、無事にＣＢＴを本試験で通過した。池内先輩は去年のリベンジを果たし、卒業式に出席することが決まった。しかし、歯科医師国家試験の試験日前には卒業資格が与えられず、試験日が終わってからの追加卒業だったため、２番目の卒業式に出席し、１年浪人したあとで、翌年の国家試験を受験することになった。コロナ禍が世界中で拡がり始めた中での簡素な２番目の卒業式だった。それでも７年間、懸命に努力を続けた結果の卒業は立派なものだし来年こそは必ずその努力が報われてほしいと晶は思った。

そうして迎えた令和２年度の新学期には思いもよらぬ事態が起こった。緊急事態宣言である。

「テレワーク」や「不要不急の外出自粛」の要請があったため、授業はすべて「オンライン授業」になり、大学内の施設は利用が禁止された。職場へ行けなくなった晶はオンライン授業の準備でもするか、家の中を掃除するしかなかった。キッチンの頑固な油汚れは素人の力ではキレイにするのが難しく、ここらでリフォームでも頼んでみるか、と思ったことが後の「黒い羊事件」につながってゆく。

篠原君の実家は大学から遠く、長年、下宿で一人暮らしをしているので「一人暮らしの学生の食料支援」のため（断じて餌付けではない）、晶は篠原君に家で美味しいものでも食べて欲しくて、通販で購入した神戸牛を差入れすることにした。大学構内に学生は入れないので、最寄りのK駅近辺で待ち合わせて危険なブツの取引をするが如く、無言で神戸牛の入った包みの受け渡しをした。篠原君と会話はできなかったが元気な顔を見られただけでも晶は嬉しかった。数週間に及ぶ外出自粛生活もやがて終わり、晶は大学に戻ることになった。外出自粛期間においても常に隣ににゃん太がいたので寂しくはなかったし、時々、池内先輩と電話で話したり、篠原君に差し入れを渡したりしていたので晶は決して一人ではなかった。

しかし、緊急事態宣言の終わりは「黒い羊事件」の始まりでもあった。

5年に進級してから、いきなり自粛生活が始まった篠原君だったが、緊急事態宣言解除後は、他の学年が自宅においてのオンライン授業の時も、5年生だけは臨床実習のために登校しなければならなかった。自粛中も解除後も、いつものように「しゃあないっすね」と言いながら篠原君は淡々と日々を送っていた。8月に入ってから、晶の部屋の郵便受けにはマンション「管理者」からの

「謝罪文」の要求が執拗に届くようになり、ちょうど盆休みの時期は晶にとって最も緊迫した空気が部屋に流れていたが、篠原君にはその話はしないことにしていた。そろそろ篠原君のお父さんの一周忌が近づいていた。１年前の告別式の時は何もお供えしなかった晶だが今年は篠原君のご先祖さまとお父さんにお供えすることにした。やはり例によってお供え物の受け渡しもまた、Ｋ駅前で行ったのであった。「何があっても、この子は必ず立派な歯科医師に育ててみせます」と一度も会ったことのないお父さんに誓いながら。

引越し直前、晶はＮ坂駅近くのＮホテルに滞在中だった。その時、やはりＮ坂駅近くの予備校に通っていた池内先輩と話をする機会があった。あるいは池内先輩は心配して、晶の無事な姿を確かめに来たのかもしれなかった。すべての衣類を置いて着の身着のままで家出中だった晶は近くの商業施設で買った、値札が付いたままのＴシャツを着ていた。お互い、無事に住んでいたマンションから脱出したり、歯科医師国家試験に合格したいものだった。明日はいよいよ晶の人生初の法律事務所訪問の日だ。

その後○○マンションからの引越し（脱出）も無事終わったと思い、にゃん太と一緒に新居で無事を確かめあって放心状態の晶の所に、夜になってから管理会社のフロントから（管理組合と管理会社は別物で、管理会社は清掃業務しかしていない）しつこく電話がかかってきた。フロントの話では「○○マンションを出ていく時にブレーカーを落としたせいで各部屋に備え付けられている警報装置の電源が入らず、管理人室のアラームが鳴り続けている。今すぐに○○マンションに戻ってきてブレーカーを上げてほしい」ということだった。

《○○マンションにはストーカーがいて危険なので戻ることはできません。もしも浅沼が部屋に来て危害を加えるようなことがあればどうするつもりですか？　責任取れますか？》

《そのようなことは私がさせません。浅沼様には立ち会っていただかなくて結構だと、私が引き留めます》

《立ち会っていただかなくて結構、じゃなくて、絶対に浅沼を部屋に近づけさせないでください！》

フロントに何を言われても、とっくに気力と体力と正常な判断力の限界を超えていた晶はどうしても旧居の部屋の鍵がどこにあるか思い出せなかった。自力で歩けない状態の晶は大学までタクシーに乗り、研究室のデスクの引き出しを探し続けたが鍵は見つからなかった。もう一度新居に戻ると、うずたかく積まれた段ボール箱の上に探していた鍵が何本か置いてあった。万が一、フロントが浅沼とぐるだった場合を考えた晶は、もう一度タクシーを呼んで○○マンションまで行き、タクシーの運転手には「停車中の料金は払うので必ず私が戻ってくるまでここで待機し、もし5分以上経っても戻ってこない場合は警察に通報してほしい」と頼んでおいた。用心しながら真っ暗な空部屋の中に入り、晶がブレーカーを上げるとすぐに警報装置の電源が入った。タクシーはちゃんとマンションの前で待っててくれていた。帰りのタクシーの中で晶は「まるでホラー映画が終わったと思ったら最後にジェイソンがまだ生きていたようなものだな」と思った。

やがて秋になり、彼岸花が咲いた。アメリカ留学中に死んだ友達に今年も再会できた。荷解きが終わって新居での暮らしにも慣れてきた頃、研究費の獲得のため晶は研究計画書を書き始めた。

今年も生体工学の実習が始まる時期がやって来た。コロナ禍での初の実習で晶は2年生全員の前で使用する器具の説明をした。晶が学生の頃は師匠である吉田先生がこの役目をしていた。自分がその立場になった時、懐かしく思う反面、もうこの大学に吉田先生はいないことを実感した。

○○マンションを出て避難先の部屋に引越しした後は、不動産の仲介業者から週に1度のペースで結果報告の手紙が来ていたが、やがてそれも終わる時が来た。売り出し中の部屋の購入希望者がやっと現れたのだった。マンションの売買に伴って、組合員交代の手続きを代理で行ってもらうために、以前にも常軌を逸した「管理者」について相談したことのある星野弁護士と顧問契約を結ぶことになった。ここから先は代理人とマンション管理者との書類のやり取りだけで、これ以上、浅沼が晶に付きまとう大義名分もないだろうと仲介業者の南野さんは思ったのだが、そうは問屋が卸さなかった。浅沼は星野弁護士が受任状を出さないことを理由に、代理人として認めない、と因縁をつけてきた。さらには、晶の所有する部屋を売却することで結果的に晶をマンションから逃がそうとしている不動産の仲介業者を立ち入り禁止処分とし、共用部の廊下を通らないよう因縁をつけてきた。一向に受任状を出そうとせず、反応が遅い星野弁護士に対しても南野さんは憤慨していたが、晶の考えは違った。確かに最初のうちは晶も、星野弁護士のことを頼りにならない、やる気のない人物のように思っていたのだが、対・浅沼要員としては何を考えているか分からない、のらりくらりとかわすタイプの星野弁護士が適任で、もし受任状を出したとしても、浅沼は恐らくまた次の要求（ただの因縁）を出してくるだけで結局、エンドレスだっただろう、と晶は思った。それに星野弁護士は何だかんだ言っても依頼人思いだった。完全に部屋の所有権が移転するまで慎重に浅沼の出方を窺っている様子だった。

《浅沼の手紙には、受任状を出すか、担当を他の弁護士に替えるように書いてありましたけど、受任状を出す、出さないは先生にお任せするとして、顧問弁護士は絶対に替えませんよ。一生、何があっても早瀬家の顧問弁護士は星野先生、ただ一人です》

浅沼やマンション管理組合の雇った弁護士であれば、替えたければ勝手に替えればいいが、晶の決めた弁護士との契約を替えさせる権利は誰にもないはずだった。

2度目と3度目の引越しが終わり、晶が本業である英語論文の執筆および不慣れなオンライン授業の準備に追われる内に年も明け、池内先輩が人生初の歯科医師国家試験に挑戦する日がやって来た。

例年通り試験会場に応援に行く準備をしていた晶だったが、直前になってストップがかかった。新型コロナの感染拡大防止のため、試験会場での応援禁止命令が大学から来たのだった。池内先輩が6年で留年が決まった時は他の受験生のために応援に来てくれたのに、当の本人の受験の年には応援に来る人がいないことが晶には残念で仕方なかった。

大学からは行くなと言われたが、池内君のことが心配で仕方がない晶は、試験当日、離れた場所から一目顔だけでも見て、無言で立ち去ろうと思い、偶然を装って試験会場の近くまで散歩に出かけることにした。

早朝、まだ外は深夜のごとく真っ暗で、K駅までのバスの本数も非常に少ない時間帯だったため、内心焦っていた晶は、バスを待たずに歩いてＫ駅に向かった。次のバス停の近くで晶は篠原君によく似た人物とすれ違ったのだが、他人の空似ではなく、ご本人だった。

「シノも今から国家試験会場に応援に行くのか？」

「行きませんよ」

「じゃあこんな時間に何してる？」

「勉強しに行くんですよ」

「どーだか？【疑惑】　じゃあ、今からダメ元で試験会場に行ってくるわ。急いでるからっ、またねっ」

　試験会場の入り口では４、５人のスーツを着た人が検温（あるいは見張り）をしていて物々しい雰囲気だったので晶は近づけなかった。遠くの方から２、３名の卒業生の顔を見たが、結局、池内君には会えずに散歩だけして晶はＫ駅に戻った。

　晶は落胆しながらも一旦大学に戻り、応援用の団扇とペンライトを置いてから昼食に出掛けた。そこで本日２度目の篠原君に遭遇した。

「しのぉー、大学に内緒で池内君に会いにいったのに結局、会えなくて寂しかったー」

「大学に応援に行くなって、言われてたんだからしょうがないでしょう」

「シノはあんな朝早くから内緒で誰に会いに行ってたのかな？　言ってみ。ん？」

「だから勉強です。あんな時間に人に会いにいく訳ないでしょう」

「ふーん【疑惑の眼差し】。池内君には会えなかったけど照くんの顔は遠くから見えた」

「誰ですか？　それ？」

「以前担当してた留年生。シノも来年、国家試験会場に行けるように勉強、頑張ってください！」

「国家試験会場で池内君の顔が見られなかった事は心残りであったが、その代わりに1日に2度も篠原君に会えた事で晶は少しも寂しくなかった。

年末に部屋の所有権が移転し、マンションの組合員の資格を失っているにも拘わらず、浅沼はしつこく郵便物を送り続け、すでに組合員ではない晶の銀行口座から勝手に切手代・送料を引き落とした。無事に歯科医師国家試験を終えたばかりの池内君も心配そうに晶の話を聞いていた。

「早瀬先生、切手代って一体何なんでしょうか？　何を送ってくるつもりでしょうか？」

「諦めきれない君への苦しい思いでも送りたいんじゃない？」

浅沼が喉から手が出るほど欲しがっていた引越し先の住所をわざと明かした直後、足がつかないように、晶は更に引越しをした。晶の当初の目論見では、もう完全にマンションとの縁が切れた頃に晶への郵便物が宛先不明で戻ってくるようになったらその時が勝利宣言だったのだが、すでに避難先の住所も、もぬけの殻であることも想定よりもやや早い段階で浅沼にバレてしまった。おそらく引越し先の住所まで押しかけて来て、その時に住人の気配がないことに気づいたのだろう。再び晶に逃げられたことに気づいた浅沼は半狂乱になって現住所を教えるように要求してきた。そして部屋の新しい所有者になったSさんまで操り、売買契約の時と今の住所が異なるのはおかしいから現住所を教えるように不動産の仲介業者に言え、と迫った。

《星野先生、マンションの理事長と管理者に『おまえらに現住所を知る権利はない！』という内容の手紙を法律事務所の封筒と便箋を使って送っていただけませんか？　私が手紙を送ると構ってもらえたと思って、もっとエスカレートするかもしれません》

《あまり相手を刺激するような言葉で手紙を送ると紛争が再燃する恐れがあります。そうならないように私が文面を考えてみましょう》

《理事長にも責任があると思うんです。理事長と浅沼の両方に手紙を送って、理事長の責任を問うべきではありませんか？》

《そんなまどろっこしい事しないで浅沼に直接文書を送りましょう。文面が出来たら早瀬さんに目を通していただいて、問題なければ代理人の私の名前で郵送します》

《受任状を出さなければ、どこまでも浅沼は受任状を理由に食い下がってくるでしょう。私が星野先生を代理人として認めると書いて、委任状を出しましょうか？》

《私が受任状を出します。ここから先は私が相手になってやる》

以前、星野弁護士は、ストーカーは別に怖くない、そういう連中の対応は慣れているからというような意味の言葉をチラっと漏らしたことがあった。弁護士の立場としては、先ずは自分の依頼人を無事安全な場所に逃がすことを最優先事項として考え、完全に晶とマンション管理組合との縁が切れるタイミングを辛抱強く待っててくれていたのかもしれなかった。

《今回の管理組合との紛争以外にも、これから先、職場でもプライベートでも何か法律上の問題が生じた場合は遠慮なく相談してください。私が早瀬さんの依頼を引き受けます》

《何かありましたら是非また星野先生に弁護をお願いします。これからは、どんな裁判だろうが安心ですね》

その後、マンション「管理者」からの郵便物が届くことは二度となかった。

まだ厳しい寒さが続いていた。大学構内の渡り廊下から見える花のない桜の木を見ながら、晶は欅坂46の「二人セゾン」にそんな歌詞があったなあ、と思った。土砂降りの雨のあとも、光が差し込めば虹を見ることができるのだろうか？

《ねぇ、池内君。もうじき合格発表でしょ。ドキドキするなあ。毎日小刻みにメールを送って合格発表まであと何日か知らせてあげようか。発表日が近づくにつれて緊張感も増していくだろうし》

《それ、メリーさん人形の怪談みたいに『今、タバコ屋さんの角にいます』とか言って段々近づいてくるやつですよ。怖いから止めてください》

池内君が合格したらすぐにでも祝いの品を渡したいと思った晶は、発表日の前に通販で満開の桜の柄が描かれたワイングラスを発注した。届いたワイングラスを見て晶は、「これ、もし不合格だった場合はどうするの？　1年間うちに置いとけばいいの⁉」と思ったが、絶対に合格していると信じて（あるいは祈って）、発表日の2時から結果報告を待っていた。

――無事合格致しました。

スマホの画面にその短いメッセージが表示された時、晶は涙ぐんだ。

――池内先生、合格おめでとう。絶対、受かるって信じてました。

真面目に努力したからと言って必ずしも報われるとは限らない。狡くて要領のいい人間が得することもある。世の中は勧善懲悪じゃない。でも今度ばかりは必死の努力が実を結んだことで晶は溜飲が下がった。

（こんな見事な満開の桜を見たのは生まれて初めてだ……）

（来年はいよいよ、元・学年一のワルが国家試験会場に行くなぁ……）

その３日後に一人の卒業生が研究室を訪ねてきた。

「山田先生、合格おめでとう」

それは「血判状事件」の主犯格の一人だった。

「ここは変わらない。早瀬先生も少しも変わってない。ずっと変わらないものがあってもいいと思うんです。またいつかこの場所に戻って来たいです」

そうして日本中がコロナ禍に苦しんだ令和２年度も終わり、ここから新しいレジェンドが始まる。


令和３年度の晶は研究活動が忙しかった。令和２年度も研究してなかった訳ではないのだが、外出自粛で大学へ行けなかった時期があったたし、何よりストーカー対策のための引越しが忙しすぎた。その引越し直後から構想を練り始め研究計画を立てた申請書が採択され研究費を獲得することが出来たので、今年度は論文完成に向けて追加実験や執筆活動に忙しかった。しかし、６年生に進級した篠原君の卒業試験および国家試験のこともまだまだ油断は出来ない。前年度、池内先生が見事な逆転勝利で、ストーカーに苦しむ晶の窮地を救ったのを見て、篠原君は自分が５年から６年に進級したぐらいでは（先輩ほどには）晶を喜ばせることは出来ないと思ったようだ。とは言え、どん底状態からのV字回復を達成し、その後一度も留年を繰り返さなかった精神力は実に立派なものだった。

「元・学年一のワルだったシノが歯科医師国家試験に一発合格したら『ビリギャル男』っていうタイトルで本を書こうか？　映画化されるんじゃないか？」

「正真正銘ビリギャル男ですからね」

「シノがまだ2年生で、こんなちっこい学生だった頃から知ってるからね。その頃に比べると随分成長したなぁ。昔はちっこくて可愛かったのに……それが今では身長180㎝を超える大男になってしまって」

「早瀬先生、僕は2年の時から身長は180㎝以上ありましたよ」

「『ビリギャル男』のあらすじは、『神7』と呼ばれ、意地悪な義理のお母さんやお姉さんに苛められていた歯科大生が国家試験に受かって『神7王子』になるという非常に斬新なシンデレラボーイ・サクセスストーリーにしたいな！」

「それ、『シンデレラ』が『神7』に置き換わっただけじゃないですか。そう言えば、他の『神7』のメンバーはどうなったんでしょうか？」

篠原君以外の6名はその後も留年していた。

令和3年度に入ってからも緊急事態宣言のために従来のような対面授業は出来なかった。晶は篠原君の卒業試験のことがどんなに気がかりであっても、ソーシャルディスタンスを考えると篠原君を研究室に入れる訳にはいかなかった。そこで一人黙々と研究活動に打ち込み、休日は時々Ｋ駅で篠原君に差し入れを渡す程度に止めた。

６年生になってからオンライン授業しか受講できない状態で篠原君（と他の６年生）は第１回の卒業試験を受けなければならなかったが、この第１回の試験こそが肝腎かなめである。何故なら卒業試験は第１回が最も簡単で、回を追うごとにハードルが上がり、難しくなってゆくからだ。池内先生が（追加）卒業した時も第１回で点数を稼いだ上での逃げ切り作戦が功を奏したのだった。

池内先生案件が無事片付いてくれてホッとしたのも束の間、もう一人のシンデレラボーイが国家試験会場に行けるかはまだ定かではなかった。緊急事態宣言解除後すぐに、篠原君は生体工学の研究室を訪れた。何と言っても、ここは一時期死んだ魚のようになっていた篠原君が奇跡の復活を遂げた原点なのである。

「第１回の結果がヤバいです！　必修の点数が足りてない……卒業するの無理かも！　早瀬先生、僕に生体工学の勉強教えてくれる？」

「じゃあ今すぐにでも生体工学の勉強を始めようか？　ここから先、上昇気流に乗ってＶ字回復すればいいじゃない？　奇跡のＶ字回復とか、奇跡の神戸牛ポイントとか、シノ、得意でしょ」

第２回の卒業試験ももう目の前に迫っていた。

現４年生の宮下君もかつての瞳先輩と同じく２年からの編入生である。２年前はまだ新型コロナの影響はなく、図書館で定期的に２年、３年の合同チームによる生体工学勉強会を開催していた。

当時4年生だった篠原君も元・学年一のワルだった偉大な先輩としてその集会【勉強会】には時々顔を出していた。

宣言解除後、宮下君も生体工学の研究室に質問に訪れた。現4年生はコロナ禍の中でのCBT準備およびCBT受験となる。晶は4年生向けの対面授業をすぐにでも始めてやりたいと思ったが、7月中旬までは4年生も実習や試験のスケジュールが詰まっており、彼らが夏休みに入ってから希望者のみを対象とした補講を行うことにした。

7月に入り、あっという間に6年の第2回卒業試験も終わった。

卒業をかけた本試験は第3回までの平均点で合否が決まる。篠原君は1回目の成績が振るわなかったので、2回目、3回目で挽回する必要があった。しかし2回目も思ったほど伸びず、次の第3回に追い込まれることになった。とりあえず以前のように毎週日曜日は篠原君を研究室に呼んで卒業試験の勉強をさせることにした晶は、平日は、木曜午後が休診日の池内先生に電話をかけた。

《篠原君、自己採点で必修足りてなかったって。相当落ち込んでいるみたい。日曜日に研究室に来させて勉強させることにしたから、池内先生応援に来てくれないかな？　池内先生そういうの得意だし》

《僕で何かお役に立てることがあるのでしょうか？》

《先輩が隣にいて笑顔で励ましてくれるだけで心強いから。絶対、大丈夫だって。シノはああ見えて意外と寂しがり屋さんだからね。軌道に乗り始めて成績が上がり調子になるまでだけでもいいからさ》

池内先生は一人っ子だが、部活でも後輩たちから慕われ、よく相談に乗ってあげていた。池内先生なら篠原君にも兄のように温かく接してくれる事は晶には分かっていた。かつてのＫ坂46ファミリー集結。ここから３人４脚の戦いが始まる。

毎週日曜日の午後１時から７時まで篠原君は研究室で卒業試験のための勉強をした。以前から義理堅いと評判の池内先輩も必ず応援に来てくれた。晶が思った通り、先輩が側についてくれているだけで篠原君は落ち着きを取り戻し、勉強のペースを摑みつつあるようだった。７月中旬が過ぎ、１年から４年の学生が夏休みに入った頃、４年生の宮下君、そして、未だに４年生の国枝君、その他が参加した補講が始まった。

連日、４年の補講や５年の対面授業が続き、忙しい時期だった。国枝君を除く４年生の参加者からは、意欲的にもっと勉強したい、もっと教えてほしいという空気が伝わってきた。参加人数は少ないが、つい長丁場になってしまう補講がやっと終わった時、晶は人生で初めて、頭頂部と右側の側頭部の中間辺りに異変を感じた。我慢できないほどの痛みではなかったが脳内で小さな出血でも起きていたら大変なので家に帰ってからネットで調べて、ちょうど近所に（今までは縁のなかった）脳神経専門のクリニックがあるのを見つけて予約を取った。

翌日、仕事帰りで疲れた状態の晶は、前日と同様の頭痛を抱えたままクリニックを受診した。

「どのような痛みですか？」

「チクチクした痛みというか、針で刺されたような鋭い痛みです」

「今までに脳ドックで頭部ＭＲＩの検査を受けたことはありますか？」

「以前、頸椎の椎間板ヘルニアでＭＲＩの撮影をしてもらったことはありますが、脳ドックの検査は今まで受けたことはありません」

「念のために、一度、頭部ＭＲＩの撮影をしてみたほうがいいでしょう」

そんな片頭痛ぐらいで大袈裟な、と思った晶だったが、何事も早期発見は大事である。ＭＲＩの検査を受けてみることにした。


「今から紹介する病院で精密検査を受けたほうがいいと思います。明日、紹介状を持って〇〇記念病院に行ってください」

「えっ？　明日ですか？　そんなに急いで精密検査を受けなければならないほど重大な病気なんですか？」

「それは精密検査をしてみなければ分かりませんが、出来るだけ早く病名が分かったほうがいいでしょう。ＭＲＩでは右目の近くに浮腫らしき像がありました。脳に浮腫が起きているのはあまりいい状態ではありませんから」

紹介状を持って家に帰った晶は病名が何なのかとても気になったが、勝手に紹介状を開封する訳にもいかず、次の日、〇〇記念病院を受診した。

〇〇記念病院はエントランス付近の広々としたロビーがすごく立派な、綺麗な病院で、中にコンビニやレストランがあり快適な場所だったのだが待ち時間が長いのは他の病院と変わらなかった。

晶が病院から渡された透明なファイルの中の紙をフッと見ると、『右脳に腫瘍病変の疑い』とはっきり書かれてあり、『脳に腫瘍が出来ていたら、つまり脳腫瘍ということか⁉』と晶はその時、思った。

もし、ほんとうにこの軽い頭痛の原因が脳腫瘍だったとしたら……真っ先に晶が思い出したのは、篠原君の顔だった。

（遺書でも書いておこうか？『先生、あの世から篠原君のことを見守っているから絶対に国家試験に受かってくださいね』的な？　しかし、両親を二人とも失ったアイツにもう一度、悲しみを思い出させる訳にもいかないし、どうしても生きて篠原君の卒業と国家試験合格を見守りたい）

次に思い出したのは、あの世で晶に会いたがっているかもしれない母親の響子のことだった。晶は自分が今死ぬことで、晶の中にある悲しみの記憶ごと母親の存在が消滅することを最も恐れた。

久しぶりに大きな荷物を持った晶が早瀬家に帰って来た。一旦、自分の部屋に荷物を置いて狭い急な階段を降りると、一家四人で出掛ける準備は出来ていた。もう夜になっていた。おじいちゃんの運転する車で今日はどこに行くのか晶は知らなかった。おばあちゃんもママも元気そうだ。レストランで美味しいものでも食べる？　それともデパートで贅沢な買い物？

（今まで随分戦ったよ）

その時、にゃん太の声が聞こえた。

「晶、起きて。まだ戦いが残ってる」

もう8月に入っていた。篠原君は3回目の卒業試験で挽回ならず、9月末に行われる再試験にすべてを懸けることになった。一時期遺書まで書こうとした晶は造影剤を使ったCTやMRIの検査を受けた結果、良性腫瘍だと診断され、3カ月後に再検査を受けることになった。脳に腫瘍があると分かった時、晶は母親の死を思い出してフラッシュバックを起こしかけたのだが、晶の両隣には常に池内先生と篠原君の存在があり、フラッシュバックは起こらなかった。今のところ頭痛以外の症状はなく、3カ月間の執行猶予がついたようなものだった。

篠原君の人生を懸けた再試験まで、なりふり構っている余裕のない晶は、今までの日曜日に加えて、さらに土曜日も大学に来ることにした。ソーシャルディスタンスを保つため、篠原君が自習している場所から離れた所で、晶は論文に取り組んでいた。池内先生は土曜日は診療があり、日曜日だけ応援に来てくれていたが、やがてその体制も終わる時が来た。ゲームとアニメの話ばかりしているウザくて胡散臭い院生を（篠原君が嫌がっているという理由で）以前、晶が突っぱねたことがあり、研究室内で思う存分、自分の知識を披露できなくなった院生が何故、自分がダメで、院生でも学生でもない池内先生が大学に来ているのかと難癖をつけてきたからだ。やむを得ず、緊急事態宣言が解除されるまでは池内先生に毎週ご足労いただくのは控えてもらうことにしたが、ウザい院生が篠原君にちょっかいを出す事だけは晶は絶対に許さなかった。もし、それはただの篠原の我が儘だとか、誰に何を言われようと、それぐらいの我が儘は叶えてやりたかったのだ。ウザい院生が延々と話すゲームのキャラクターや攻略法の話は国家試験にはまったく関係なかったのだから。

９月に入り、例年に比べて遅い時期の保護者会が、今年もコロナ禍の中で開催された。成績の悪い子の親御さんは面談の始めの頃は顔を曇らせていたが、篠原君の名前を出さずに、最下位からの奇跡の回復を遂げた学生がいることを話すと、皆さん一様にホッとした様子だった。

「元・学年一のワルでもちゃんと６年生になれたという話を保護者会で話したら大変喜ばれたよ！」

「僕、卒業試験と国家試験に絶対に受かりたいです。そしたら、早瀬先生はこれからもずっと保護者会で僕のことを自慢できるし、僕が伝説になることでその人たちに夢と希望を与えられるじゃないですか」

シノはちゃんと自分の後に続く者たちの事まで考えられるようになったのかと晶は思った。

「早瀬先生、僕は以前から弟が欲しいと思ってました。弟を作ってください」

(何、言ってんだ？？？)

(乙女のバイブル、『マリア様がみてる』の読み過ぎ？)

「前にＫ坂46でチームリーダーをやってた、あの子は普通過ぎて面白くないから、もっと僕の跡を継ぐようなとんでもない学生を新たなメンバーとして連れて来てほしいです！」

「それは、それは。シノを超えるような逸材を見つけてくるのは相当難しそうだな」

そう遠くない日に、篠原君と、彼にとっての弟分と言えるような学生とが一緒に勉強できる時が来ればいいと晶は思った。

池内先輩ご不在の状況下であっても、晶が論文の締め切りに追われ、毎晩遅くまで仕事をしていようと、再試験の日は否応なしに近づいてくる。

「早瀬先生の病気、良性腫瘍だったし、毎週、土日の午後からここに来て勉強できてホント助かってます」

「シノが来ようが、家で勉強してようが、どうせ論文を書きに研究室に来なければならないからなー」

「僕は家では絶対、勉強できません。以前、国家試験の日に朝早くバス停の近くで先生に会ったことがありましたよね。朝6時から開いているのは、バス停近くのマ○ドナルドだけだから勉強しに行ってました。昼近くになると店が混んできて勉強できないから家に帰って、何もしないで、ボオーッと座ってました」

まさか、あんな朝早くから勉強している学生がいるとは夢にも思わなかった晶は、国家試験の日、篠原君は今カノの家にでも遊びに行っていたのだろうと勘違いしていた。ずっと前、国枝君と肩を並べて勉強していた時、篠原君は方向性の違いから彼女と別れたという私語をしていた。その時、晶は「もしかしてその元カノはあまり家庭的なタイプではなかったのかもしれない」と内心思った。複雑な家庭環境で育った篠原君が交際相手に家庭的な温かさを求めるのは自然なことだった。だから国家試験の日に会った時、今度こそ篠原君が望むような温かな人柄の彼女ができたのだろうと晶は思ったのだ。退学寸前までいった篠原君が、その後一度も留年することなく6年生まで上がれたのは、「奇跡のV字回復」だと誰もが思った。実際には、それは奇跡でも、偶然うまくいった訳でもなく、ほんとうは血の滲むような努力の賜物で、必然だったのだ。

９月も下旬に入り、再試験直前の日曜日、いつものように晶は研究室で論文を書き、篠原君は卒業試験の勉強をしてから帰宅する道すがら、篠原君はこんな事を言った。「やれるだけの事はやったから、どんな結果が出ようと、もう後悔はないです。緊張もしてないです」と。ちょうど４年前に「退学か、進級か」が懸かった運命の分かれ道の前で、二人一緒に立っていた時のように。

再試験結果発表の日、晶は朝からソワソワしながらスマホの画面ばかり気にしていた。発表は午後からの予定なので、昼過ぎから晶の脳裏には「留年」と「卒業」の二つの言葉がよぎっていた。

その時、

《再試験の結果は６年の中で９位でした》という篠原君からのメッセージが届いた。

《ホント？》

《ウッソ！》

《何でウソなんか言うんだよ？》

《ウソというのはウッソー》

《ホントは何位？》

《だから６年全体の中で９位です。そんなに疑うなら今から結果の紙を見せに行きます》

その時の再試験結果の紙を晶はコピーして早瀬家の家宝として保存することにした。１５０人近くいる６年生全体の中で、ほんとうに篠原君は第９位という成績であった。

この大学の卒業試験にはパート１とパート２がある。パート１は合格ラインが68点、パート２は合格ラインが73点であり、次第にハードルが上がってゆく。池内先輩の時はパート２の方で合格ラインに達しなかったため卒業は出来ても追加卒業であった。篠原君はパート1の再試験に合格し、これで卒業は決めたが、卒業試験パート2に合格しなければ国家試験会場に行くことはできない。次の試験で正式卒業か追加卒業かが決まる。いわば、予選は通過したものの、本選はまだの状態である。しかし、篠原君の再試験の結果は（本試験合格組がいくら油断していたとは言え）6年生の中で9位であったのだから、この勢いで篠原君には一気に国家試験会場に乗り込んでいってほしいと思った晶は、土日も休まず研究室で論文を書きつつ、ソーシャルディスタンスの分だけ離れた場所から篠原君の勉強を見守った。

しかし、肝腎の論文の方は絶不調だった。査読者のコメントは的確で、そのコメントに従い、原稿を修正すれば確かに優れた論文になるだろうと著者である晶も納得できたし、もう少しで完成しそうだったのに、査読者とは別の立場である編集者のコメントは無理難題に近いものだった。

「『ウシの飼育や麻酔方法について詳しく書け』とか言われても、どこの牧場で育ったウシなのかそもそも分かんないし、死んでるウシに麻酔かけるバカがいるか！」

「『ウシについて詳しく書け』というから詳しく書いたら『上限ワード数オーバーしたから短くしろ』と言われ、短くしたら今度は『元に戻せ』だってさ。さすがにブチ切れて『上限ワード数を超えずに元に戻すのはimpossibleです』って書いて送ったよ」

「時差の都合で、早朝にメールチェックしたら『生データを全部送らなければ論文は却下する』と脅されて、朝からずっと論文に使用した画像を送り続けてる。これで採択されなかったらヒネくれて非行に走ってやるからな。世の中を恨んでやる！　シノの隣でずっとめそめそ泣いてやる！」

「マジで、うざっ！」
「結局、生データ全部送ったけどな」
「早瀬先生が言われた事に対して応えられる人だから、向こうも次々に要求を出してくるんですよ」
「今年で芸歴20周年記念なのにまだ論文投稿する度に『世界に打ちのめされて』いるな。アニメ『鬼滅の刃』の主題歌みたい。尤も芸歴20周年でも実年齢は17歳だけどな」
　晶が生データを全部提出してから程なく、論文は採択された。近年、データの捏造が問題となるケースが多く、画像データに対する視線も厳しくなっている。論文が採択されても、すでに疲労困憊状態になっていた晶の頭痛はさらに酷くなったようだった。
　論文が完成し、ホッとしたのも束の間、篠原君の歯科医師国家試験・参加権を懸けた卒業試験パート2の日がやって来た。その試験が終わり、晶がハラハラしながら待っていると、スマホにやたら短いメッセージが届いた。
《うかった……》
《シノが珍しく本試験で合格したら月でも欠けるんじゃないかと思ったら今日、月食だってさ》
《失礼な。受かったのは必然です》
　ずっと応援してくれていた池内先生にも連絡すると、
《おめでとう！　すごいです！　とお伝えください。👏（拍手のマーク）》が、すぐに返ってきた。
　11月になり、晶はＭＲＩの再検査を受けた。その結果、翌年の1月にもう一度検査をしてから手術の方法を考えることに決まった。

「腫瘍は血管を豊富に含みます。出血することもあるので要注意です。もし頭痛が急激に酷くなったり、左手で物を摑めなくなったりした場合は1月まで待たずにすぐに病院に来てください」

処方された飲み薬は種類と量が2倍に増えたため、晶は薬の副作用で眠気が止まらなかった。


「早瀬先生、僕、友達を失いました。試験に落ちた友達から『裏切者』と言われたけど、僕に言わせると、そいつの努力が足りなかった」

「普通はそうなるわな。池内先生が6年で留年が決まった時に同級生の応援に国家試験会場を訪れた事の方が逆に壮絶というか、突き抜けてるというか……」

「かつては僕よりもずっと成績の良かった同級生でも次々に脱落していくのを見て、僕は卒業試験で一番大事な事は【モチベーション】だと気付かされました。先生は何が一番大事だと思いますか？」

「努力の量かな？　誰でも自信なんてないし、不安だし、緊張するけど、最後に信じたり、縋ったりしていいのは努力の量だと思う」

「池内先輩だったら何て答えるでしょうね」


論文は何とか完成させた。芸歴20周年のベテラン教員の晶はオンライン授業と実習も今までのところちゃんとこなしている。オンライン授業も1年前に比べれば慣れたものだった。それでも晶はなんとも言えない不安な気持ちで、吉田先生に電話した。ずっと前、アメリカ留学中にラボが閉鎖し、途方に暮れて、日本にいる吉田先生に電話した時のように。その時の晶はまだデビューしたての新米研究者だった。

「あのっ！　今年の８月にＭＲＩの検査を受けた時に良性の脳腫瘍が見つかって、来年手術するかもしれないのですごく不安なんですけど……研究もいつまで続けられるか自信がないです。研究のことで吉田先生にお聞きしたいことがあってお電話しました。よくノーベル賞を取るような研究は30代の頃に行った研究だと言われていますよね。40代、50代以上の研究者が研究しても、もう手遅れでしょうか？　ノーベル賞を取った人たちは40歳以降、研究をしなかったのでしょうか？」

「研究者には二つのタイプがあって、一つは30代の頃の閃きで研究するタイプ。こういうタイプは40代以降では、若い頃のような閃きは難しいかもしれない。もう一つは何十年もの時間をかけて、その地道な努力が最後に実を結ぶタイプ。いずれにせよ、研究は偶然による所が大きいものやからね」

以前と少しも変わらない穏やかな吉田先生の声を聞いた時、晶は懐かしさで涙ぐみそうになった。

「最新論文が完成したので今から送らせていただきます。捏造論文のせいで近頃は画像データに対する目も厳しく、今回の論文はアクセプトされるまで苦しみ抜いた挙句、血の涙を流しそうになりました」

「研究の方はほどほどにしといて、まずは健康が一番大事や。ちゃんと病院の先生と話して、一番いい治療方法を決めや」

厳冬でもないのに少し震えながら電話で話していた晶は、やっと落ち着きを取り戻した。

オンライン授業の準備は毎回、出来るだけ早めに終えている晶は11月半ばには、年度内の担当授業の収録をすべて済ませていたが、12月に入ると、オンライン授業が苦手な学生向けの補講を行うことになった。後期から始まった実習も滞りなく進み、2年の学生たちと顔を合わせる機会も前期に比べて格段に多くなった。

晶が実習で担当している学生の中にチヒロ君という男子学生がいた。どこの講座でも先生方の間では有名人だった。4年前に篠原君が2年生だった頃は前期試験科目ですべて不可を取った学生は7人いたので「神7」という異名を取ったが、今の2年で前期すべてにおいて不可を取ったのはチヒロ君だけで、下から2番目の成績を取った学生に大差をつけ、ぶっちぎりの最下位だという話だった。

（神7というより、神1だな。以前、シノが弟欲しいとか、ほざいていたから、チヒロちゃん弟候補にどうかな？）

「早瀬先生だって前期で全科目落とすような学生が進級するのは絶対に無理だと思いますよね。僕みたいな学生、見たことないですよね！　知りませんよね！」

「そんな学生よく知ってる。4年前の担当学生で、その年の前期全部落ちは7人いたから『神7』と言われた中の一人でね。そんな先輩でもこの度、無事に卒業が決まって、来年国家試験会場に行くから奇跡のV字回復と言われてるよ」

「そんな先輩がいるんですか？　今までずっと、僕は一人だと思っていました」

「その先輩は1年生3回やって、2年の時は退学リーチだった。チヒロ君の場合は一度も留年したことがないし、当時の先輩に比べればまだマシな方だよ（声には出さないけど、先輩と違って、親もまだ生きているし）。先輩は、試験に受かるために一番大事な事は【モチベーション】だと言ってたよ」

「僕、絶対に進級したいです。モチベーションはあります。諦めたくないんです。ところで、早瀬先生は僕の下の名前よく読めましたね。女の子みたいで紛らわしいってよく言われます」

「実習で担当してる学生だから名簿見て確認した（シノの弟候補だしな）」

「早く試験に全部受かって人間扱いされたいです。最近、あちこちの研究室に質問に行くと、名簿の番号で呼ばれて『ああ、○○番の答案白紙で出した子か』みたいなイヤな顔されるから」

「元・学年一のワル（成績が）と言われた先輩が毎週土日、生体工学の研究室で国家試験に向けて勉強をしているから、先輩のお邪魔にならない程度に成績アップの秘訣を聞いてみたら？」

　こうして元・学年一のワル versus 現・学年一のワル、奇跡の対面が実現した。

「僕、今までの小テスト10回分の合計が千点満点の1点しか取れなくて、百点満点に換算できないと言われました」

「あ、それ、以前シノが19点取って2年の中で最下位だった科目じゃない？」

「さすがの俺も千分の1点はないわ！（大爆笑）」

「解剖の口頭試問も全部落ちて、先生方も呆れてました」

「俺、1年の時、解剖の口頭試問行ってなくて留年したからね。口頭試問に行くだけ偉いわ」

「解剖の先生方は怖いので、口頭試問に行かないなんて僕、ようしませんよ」


学年一のワル二人の「武勇伝」対決は、とてつもない低次元の争いを繰り広げていた。その際に、チヒロちゃんが「僕も先輩のように生体工学で優、取りたいです」と言ったので、4年前の怒濤の生体工学集中講義の再現を年末の29日から31日までの3日間行うことに決まった。今回の篠原君は単位試験のためではなく、歯科医師国家試験の勉強のため参加することになった。

久しぶりに池内先生が篠原君のためのクリスマス勉強会の応援に駆けつけてくれた。研究室にクリスマスツリーを飾り、デパ地下で買ってきた柔らかい照焼きチキンを、ニャンタクロースの格好で準備していた晶は自分の左手の異変に気付いた。にゃん太の首輪とお揃いの、♡型のデザインの指輪に付いていた、誕生石のピンクトルマリンが抜け落ちていたのである。晶は床に這いつくばるようにして小さな石を探したが見つからなかった。


「こんなクリスマスの日に紛失するなんて、超ショック！　来年、脳腫瘍の手術をするかもしれないのに何て不吉な……」

「きっと身代わりになってくれたんですよ」

「さすが池内先輩です。考え方がめっちゃポジティブです！　池内先輩でなければそういう返しはできないです」

「お祖母ちゃんが入院して死んだ時も、指輪に付いてたオパールが外れた事があるから不吉な予感しかしない」

「きっと来年、入院することを誕生石が知らせているんですよ」

「去年、ストーカー騒ぎで３度も引っ越しして死ぬほど忙しかったにも拘わらず、それにも耐えられたほど丈夫なはずの指輪がなぜ今になって？　そんなに病状が悪いのかな？」

「去年と今年、来年の手術が終わるまでの３年分の身代わりになってくれたんですよ」

「もう何年間も一緒に過ごしてきてほとんど自分の一部のような誕生石だったのに……寂しいなぁ……」

ニャンタクロースはあまりのショックで、危うく二人にクリスマスプレゼントを渡すのを忘れそうになったが、結局、気を取り直してプレゼントを渡すことができた。やはり毎年のことながら照焼きチキンは柔らかくて美味しい。帰りは久しぶりに３人連れだって帰ったが、途中で晶だけ指輪の修理を依頼するためにアクセサリー店に立ち寄った。

クリスマス後夜祭には辻岡先生が高級フルーツの差し入れを持って大学まで来てくださった。晶と篠原君が今まで見たことがないような立派な苺だった。

「早瀬先生、体調はどうや？」

「相変わらず頭痛は続いていますが、年末は大晦日まで仕事で忙しいです」

「国家試験の勉強、頑張ってや。ハンサムな学生さん」

家に帰ってから分かったことだが、見た目だけでなく、糖度も今まで食べたことがないほど甘い苺だった。

大学院講義室・貸切り状態での年末・生体工学３日間集中講義もいよいよ大詰めで、本日は大晦日である。かなり前からデパートで予約していた豪華御節料理（A5ランクの近江牛のローストビーフ付き）も、篠原君が研究室まで運んでくれて無事に届いたし、実験もしながら授業をしていた晶は、合間の休憩時間に学生たちと一緒に御節料理を食べた。だって大晦日だもの。

「御節料理って普段食べ慣れてないからメニュー見ても、どれがどの料理かさっぱり分かんないよね。さっきの赤いヤツ何だったんだろう？　梅か？　それとも麩？　赤い麩？」

「よく分からん味だったけど麩ではなかったです。梅の味もしてなかったし、ゲルっぽい食感でした」

「それきっと赤蒟蒻ですよ。僕、赤蒟蒻が大好物です！」と言いながらチヒロちゃんは赤くて丸い謎の食べ物をお重から取りにいくため、立ち上がった。

「俺、赤蒟蒻が好物って言ってる奴、初めて見たわ」

シノ先輩の弟候補はおもむろに口を開き、柔らかな口調で丁寧に語り始めた。

「赤蒟蒻は近江城の歴史とも関連が深くて、赤い色は鉄分を含むため、戦国時代においては籠城した時、栄養豊富な食べ物として重宝されました。栄養が豊富なだけでなく、塩分も多めに味付けされていて美味しいので僕はとても好きです。赤い色は戦においても縁起がいいですし」

（何、この赤蒟蒻に関する膨大な知識量。歴オタ？　それとも城オタ？　by 晶）

「何でそんなに赤蒟蒻について詳しいねん？　実家が蒟蒻屋さんか、何か、か？」

「近所のスーパーで赤い蒟蒻が売ってたから気になってネットで調べました」

「お前そのキャラ、エグいって！　こんなに赤蒟蒻に詳しい奴に誰一人敵わへん。今年一番笑ったわ」

（どうしてこの赤蒟蒻に対する知的好奇心と探求心を試験勉強に向けなかったのだろうな？　by晶）

「赤い蒟蒻事件」のおかげで「笑ってはいけない」大晦日のお笑い番組を見ずして、シノ先輩は腹の底から笑って年を迎えられそうだった。

チヒロちゃんが実家に帰るため、少し早めに大学を出たので、２０２１年最後の日は、晶は篠原君と二人で帰った。

「体調が悪いのに、よく3日間、生体工学の集中講義マラソン走り切りましたね。初めて早瀬先生を尊敬しました」

（どうしてもっと早くから尊敬してないんだ？　by晶）

「今までに何百時間、何千時間と授業をこなしてきたベテランだからこそ『全集中！　猫の呼吸！みゃう！』で責務を果たせたのだよ。それにしても指輪には可哀想な事したな。まさか応力－ひずみ曲線の破断点を超えるほどストレスをかけてしまっていたなんて」

「指輪も身代わりになって指輪柱としての責務を果たしましたね」

「にゃん太も去年、主がストーカーに狙われた時は、自分の魂と引き換えに主を守って、猫柱としての責務を果たしたね。彼の場合は魂が飛び散っただけでぬいぐるみ本体は無傷だったけど」

「チヒロの今後が楽しみです。あいつ将来、大物になりそう。第一、キャラが際立ってるもの。僕は普通やから赤蒟蒻絡みの強烈なエピソードとかは無いけど、何故か僕の周りは早瀬先生筆頭に、池内先輩みたいな癖の強い人が多いわ」

（シノが普通だと思ったこと一度もないけどな。by晶）

「シノ先輩もアホ界の希望の星として国家試験に合格し、アホ柱としての責務を果たしてください」

「全集中！　アホの呼吸！　壱ノ型‼　って、先生、失礼にも程がありますよ」

御節料理の予約をした時には、最悪の場合、もし晶が年末に緊急入院でもするようなことがあれば篠原君一人で御節料理を食べてもらうしかないと思っていたのに、結局、近江牛と近江の赤蒟蒻の話題で大いに盛り上がり、２０２１年の最後は篠原君の笑顔を大いに見ることができた。


ハッピーな気持ちで篠原君は年末年始を迎え、この笑顔のままで国家試験会場に乗り込んで行ってくれるものと、晶は思っていた。しかし、この世は非情である。３連休最後の成人の日に、令和４年最初の事件が起こった。その時の晶の学生指導報告書にはこう記されている。


「心ない大学院生」

篠原君が予備校の国試直前ゼミをオンラインで視聴中に大学院生の○○と△△が隣で、論文の冊子に製本テープを貼る作業を始めた。居たたまれなくなった篠原君が退室したため、院生には自分のデスクで作業をするよう注意したが、広い場所で作業をしたいと言い張り、居座り続けた。廊下はとても寒いので篠原君に研究室に戻るように言い、早瀬が自分のパソコンを移動させて篠原君の隣で仕事をしつつ、オンライン授業の続きを視聴するように励ました。院生の妨害によって中断した時間は10～15分程度であった。まもなく院生は退室したが、国試直前の受験生に動揺を与えた身勝手な彼らの言動に対して人間性を疑った。

院生の一人、◯◯は以前、因縁をつけて池内先生が篠原君の応援に来られなくなるように仕向けた張本人だった。そして、もう一人の△△はほとんど研究室に来ない不真面目な院生で、真面目な院生ばかり可愛がる晶を以前から快く思っていなかった。彼女は学生との距離が近い晶を妬み、自分のところにも学生が訪ねて来るのを喉から手が出るほど待っていたが、そのネットりした口調は篠原君以外の学生からも嫌がられていた。紅英歯科大にありがちな金持ちのドラ息子と悪たれ娘コンビによる心ない攻撃。◯◯と△△のいびつなコンプレックスから吹き出した承認欲求。

篠原君は動揺を隠しきれない様子で、「すでに国家試験に受かっている院生たちに、今から受験する人間の気持ちは分からない」と言い、その傷ついた表情を見た時、晶の怒りと悲しみは頂点に達した。こんなくだらない奴らのために篠原君の必死の努力が踏みにじられたのかと思うと、どうしても二人を許すことはできなかった。だからこそ、世間は冷酷で、情け容赦がないことを思い知らされたからこそ、今度の戦いには絶対に勝たなければならないと晶は思った。

「早瀬先生、パソコンありがとうございました。オンライン授業はすべて視聴しました。このパソコンはどうやって終了させればいいですか？　一体、何台ぐらいパソコン持ってはるんですか？」

「４台か、５台ぐらいかな？」

オンライン授業の視聴に使った15メートルのLANケーブルを巻き取りながら晶は答えた。前日まではWi-Fiを使って無線で授業を視聴できたが、動画のデータが大きすぎて、上限の5ギガバイトを超えてしまったからである。仕事用に使う道具は、サムライにとっての得物同然と思っている晶は、WindowsとMacの二刀流の使い手で、Windowsパソコンだけでも複数台所有している。今回の「白い製本テープ事件」の場合は、複数台のノートパソコンのおかげで、オンライン授業の中断を回避できた。やはりパソコンを2台も3台も4台も5台も用意しておいて正解だった。

新型コロナのオミクロン株が猛威を振るい出した頃、学生の間でも感染者が急増し、篠原君を含めたすべての学生は研究室の出入りを禁止された。しかし、6年生は国家試験が近いため、付属病院のあるN坂学舎の図書館と自習室は使用することができた。篠原君がこれからはN坂学舎の方で勉強する、と言ってくれた時は、これでもう、◯◯と△△の薄汚い手で大事なものに触られなくて済むと思い、晶は少し安心した。

1月のMRI再々検査の結果、とうとう、翌月に、晶の脳腫瘍摘出手術が行われることが決定した。担当医から家族構成を聞かれた時に晶は、家族はいませんと答えたが、パートナーについて聞かれた時は「パートニャーならいます」と口答えしそうになった。しかしパートニャーについて話し始めると、脳の病気が進んでいると誤解される可能性があり、ややこしいので、彼の存在は伏せておくことにした。教え子たちは見舞いに来たがっていたが、オミクロン株のせいでどこの病院でも面会禁止だった。以前、歯科衛生士専門学校で非常勤講師をしていた時の教え子の岡林さんも晶の病気のことを心配してくれた一人で、2年前の元旦に晶とにゃん太の姿を描いた肖像画付き年賀状を送ってくれたことがあり、以来、早瀬家では、その年賀状は家宝として奉られている。どんなに高名な芸術家の作品よりも、アマチュアの作品であろうと、ほんとうに人の心を温かくするような絵や詩の方が尊いのではないだろうか。家宝として所蔵されている本物は病室には持っていけない。そこで晶は、肖像画のレプリカを病室に持っていくことにした。面会が禁止されていても、これでずっと一緒にいられる。晶とにゃん太の肖像画の周囲には沢山のハートマークが描かれていた。晶は授業で共有結合について説明する時は常に「孤独な不対電子同士が合わさってラブラブ共有結合になる」とハートマーク付きの写真を使って教えていた。共有結合による重合反応。人との繋がり。絆。手術が成功して元気になったら、コロナ禍が収束したら、その時はまた岡林さんに会いたいと思う。

《2月に手術を受けることになりました。3月の合格発表までには退院する予定なので必ず国家試験に合格するように！》

《必ずや、合格通知を先生の退院祝いの手土産に！》

《レジェンド獲りにいくぞぉ!!》

《おおーっ!!》

国家試験直前まで篠原君から目を離す訳にはいかない晶は、大学図書館の閉館時間に合わせて、近くのモール内レストランで持ち帰り弁当の予約をして、学外でブツ、ではなく、弁当の受け渡しをした。オミクロン株が急速拡大する前は、毎週、土日は御馳走三昧だった。研究室から帰る道すがら、晶が二人分の夕食を買ってきて、篠原君の好きな大盛りカツカレーやビフテキが入った弁当を渡し、それぞれの家で豪勢な夕食を楽しんだものだった。

オミクロン株、急速拡大後のある日、篠原君が毎日楽しみにしている晩メシの受け渡しをするために予め決めておいた「例の場所」まで来た晶は、ジェスチャーで篠原君に近づかないように合図を送って、バッグからスマホを取り出した。ほんとにスパイ同士の通信か、密売人のブツの取引みたいになってきた、と自分でも呆れながら。そういえば、ある人気ミステリー作家原作の映画の中でも、共犯者であることを隠すため、お互いの姿が見える距離に居るのに携帯電話を使って会話している哀しい場面があったっけ。

「1年生の間でクラスターが発生したんだってさ。国家試験が受けられなくなったら大変だから今日から直接、会話できなくなった」

「クラスターが発生したのは大学のどこですか?」

「U△◎（某テーマパーク）に行った学生が感染して、発熱してる子もいるらしいよ」

「大学の中ではないんですね?」

「1年から他の学年に感染拡大するのも時間の問題だからね。図書館で勉強する時も1年生らしき学生に近づいたり、話しかけたりしないほうがいいよ」

「それは大丈夫です」

「それでは、また明日！　例の場所で！」

翌日、「例の場所」にはスペシャルなゲストとしてある方が人間界に降臨なされた。水色のふわふわしたぬいぐるみ用コートに身を包んだその方はスマホを通して次のご託宣を告げられた。

［今日は猫柱としての責務を果たしに来たのにゃ。シノ、レジェンドを獲りに行くのにゃ。国家試験に受かったら、ぼくの別荘に招待してやるから遊びに来いにゃ］

「ありがとうございます。ぬいぐるみ専用コートってあるんですね。帰り、気を付けてくださいね」

［それでは、いずれまた会おうにゃ］

久しぶりに人間界に降臨したにゃん太は疲れたのか、帰宅後、布団に入ってすぐにスヤスヤ眠ってしまった。

国家試験・前日は、晶は2年生の単位試験の採点業務が忙しく、篠原君も試験会場近くの宿泊先に向けて出発するため、顔を合わす機会はなかった。前年に引き続き、今年もまた試験会場での応援は禁止されていた。だから晶は、国家試験・前々日に「例の場所」で、（1年前に池内先輩を応援するために作成した）団扇を使い回して篠原君の応援をした。パンは2、3日持つので、近頃流行りの奇抜な店名の「高級食パン」一斤も、前々日に篠原君に、一定の距離を取って、離れながら渡した。

《明後日は術前検査のために病院に行くから試験会場には行きません。国家試験がんばってください。国試も手術も嫌なことはさっさと終わってしまった方がいいわ》

《お互いがんばりましょう！》

次の日、遅くまで研究室に一人居残って、学生の答案の採点を終えた晶は、「いよいよ明日か……」と内心思った。篠原君ならきっと大丈夫。何にせよ、毎日あんなに食欲があるのだから。去年、脳腫瘍が判明した際にはずいぶん心配したが、これでやっと、無事、国家試験会場に送り出すことができた。その夜、疲れてぐっすり眠っていた晶の夢枕に、御礼の品が入った箱が届けられた。差出人の名前は見なくても篠原君のご両親からの届け物だとすぐに分かった。
「なんの。男同士の約束ならぬ、サムライ同士の盟約を果たしたまでのこと。礼には及びませんよ」

国家試験2日目。午後の問題が終わった頃、晶のスマホにこんなメッセージが届いた。
《あとは祈るだけ……》
《国家試験、お疲れさま。今日の晩メシはシノの大好きな揚げ物たっぷり弁当にしようか？　何時ごろK駅に戻って来る？》
こうして長きに亘る一つの戦いが終わった。

2月になった。カテーテルを使った脳血管撮影による術前検査の結果、晶の脳腫瘍を栄養している血管は外頸動脈だと判明し、腫瘍を摘出する手術の際には血管塞栓術も併用することになった。
「結構、腫瘍組織の奥まで血管が入り込んでいるので、このまま切除すると出血量が多くなります。そこで、栄養血管を塞いで腫瘍を兵糧攻めすることで、出血を抑え、リスクを軽減する方法を採りましょう。もちろん、兵糧攻めによるリスクもありますし、常にリスクとベネフィットのバランスを考えなくてはなりません」

（外頚動脈の名前を聞いたのは解剖の口頭試問以来だなあ。桶狭間の戦いならぬ、外頚動脈の戦いが始まるのか！）

《池内先生、手術の方法と日程が決まったよ》

《国家試験も無事終わったことですし、先生もこれからは少しゆっくり休んでください》

《合格発表がまだなのにゆっくり休んでいられるか！　今から急いで論文も執筆しなければならないし。合否はともかくとして今まで応援してくれてありがとう。篠原君もきっと感謝していると思う》

池内先生に篠原君の応援を頼んだ理由は、シノのお兄さん代わりとしての役割を期待したからだった。近年、ヤングケアラーが注目されるようになり、紅英歯科大学でもSDGs（持続可能な開発目標）の一つとして「ヤングケアラーの支援」を掲げていた。浅はかな大学院生たちが篠原君の勉強の妨害をしたくせに何が「ヤングケアラーの支援」だ！　偽善的なあいつらのどこがSDGsなんだ！　池内先生が篠原君に対して変に気を遣い過ぎないように、晶はある事実をずっと池内先生の前では伏せていた。篠原君の実の兄が知的障がい者で、他ならぬ篠原君自身が兄弟のヤングケアラーであることを。

「チャララ、ラララララー」。病棟のどこかからゴダイゴの「ガンダーラ」のイントロとおぼしきメロディを高らかに歌い上げる声が聞こえてきた。「えっ？　この患者さん、もしかして極楽浄土に旅立とうとしてる？」と晶が思案していると、今度はプリンセス プリンセスの「Diamonds」だねぇ～のメロディが聞こえてきた。「この歌、本来はキラキラした楽しい曲なのに……全然ダイヤモンドな感じがしない！　こんな恐ろしいプリプリを聞いたのは生まれて初めてだ……」

福永武彦の『草の花』の主人公とは違って、不治の病でもなく、わざと死のうとして成功する見込みのない手術を受けにきた訳でもない晶は、研究室から病室に場所を移して、普段通りに研究データの整理や論文の執筆を行っていた。小さなノートパソコンが1台あれば何だってできるので晶は病室の中でも退屈はしなかった。晶はフレイルでもなければ、口腔フレイルでもないので、一人で食事が出来、歯磨き、着替え、歩行、入浴も当たり前のように出来るのだが、病院に行く度、体が不自由になって自分の思うように動かせない患者さんや介護者の厳しい現実に直面するのだった。

病棟での生活にも慣れた頃、いよいよ「外頸動脈の戦い」が始まった。この戦いは前哨戦なので局所麻酔のみで意識がある状態で行われた。

「今日の患者さんは若くて、血管に弾力があって柔らかいからカテーテルが入りやすかったけど、以前の手術で、もっと高齢の患者さんの時は大変やった……」

術中と術後に痛みが増すようなことは無かったが、晶の頭の中でカサカサと音が聞こえた気がした。腫瘍組織の血管が豊富だったために10カ所にも及ぶ壮絶な兵糧攻めに続く、5時間の絶対安静が解除された後、晶はへとへとだった。5時間の間、晶は苦痛を少しでも紛らわすために時間が長めのクラシック音楽をイヤホンで聴いていたが、この時ほど中原淳一の「もしこの世に『音楽』がなかったら」の詩が身に沁みたことはない。本来決められている病棟の消灯時間が過ぎても疲労のために晶の食欲は戻らなかったが、看護師さんがせっかくだからと言って、病室に運んでくれたので少しでも夕食を口にすることにした。ハート型のチョコレートゼリーに、ケチャップでハートマークを描いたオムライス、ハート型のハンバーグ。病室のバレンタインデー。「戦場のメリークリスマス」みたいだと晶は思った。

「喉元過ぎれば熱さを忘れる」の諺通り、翌日は検査や入浴のみで特にすることもなく、ラクなものだった。しかし、病室からの移動の際に漏れ聞こえてくるのは、「遂に隣の○○市で（オミクロンが）決壊して、こっちに来るらしい！」「昨日のドクターヘリ症例は、ただの打ち身で、そんな大層な症例でもなかった」といった残念な情報ばかりだった。そんな中、岡林さんの手書きイラストは看護師さんたちの間で「すごく絵が上手い！　可愛い！」と大反響だった。

脳腫瘍摘出術前夜に、晶が病室で研究テーマに関する英語の参考文献を読んで仕事を頑張ろうとしつつ、眠気に負けてしまったちょうどその時、手術の執刀医である藤坂先生が登場した。

「すいません。起こしてしまいましたか？　すごいですね。英語の論文を読んでらっしゃったのですか？」

「論文を読もうとしていたのですが、英語が苦手なのでついウトウトしてしまいました」

「苦手でも読むだけすごいよ。僕なんか、そもそも読めないし。明日、がんばりましょうね！」

「がんばります！　よろしくお願いします！」

晶は大学入学時に医学部と歯学部、二つの道があったのだが、結局、紅英歯科大学およびその後の研究の道を選んだために、患者さんの歯の1本も抜歯したことがなく、実験動物の皮膚の縫合以外の手術もした事がない。すべての外科領域において、長時間の手術に耐え得る体力と、命を預かっているという重責および緊張感に耐え得るサムライの魂が要求される。医学部を受験した当時の晶に、藤坂先生のように臨床でやっていけるほどの覚悟があっただろうか、ふと疑問に思った。

手術台に上がって動脈から麻酔薬を入れられた後のことは何も覚えていないし、当然、痛みもまったく感じないのだが、手術後の集中治療室〈ＩＣＵ〉での一晩が、ほんとうの戦いの始まりだった。

晶が意識を取り戻してから最初に感じたのは、喉の痛みと息苦しさだった。人工呼吸器を装着する際の気管内挿管の影響で、痰や咳が出て息が出来なくなりそうで怖かった。体力を回復しなければ、と本能的に思ったが、堪え難い苦痛で、睡眠もロクに取れないでいた。その苦しみの中で、晶は自分の中にある手術前の記憶を呼び覚まそうとしていた。手術前夜、確か晶は英語の参考文献を読んでいた。その論文には何が書いてあった？　英語が苦手なせいか、寝ぼけながら読んでいたせいか、どうしても論文の内容が思い出せない……myofibroblast、筋線維芽細胞……そうだ、手術前、筋線維芽細胞に特異的に発現しているタンパク質について調べていた。こんな時に筋線維芽細胞どころではないが、ほんの少しの間でも苦痛を紛らわすことが出来た。ＩＣＵで身動きの出来ない晶が次に思い出したのは、週刊少年ジャンプに連載されていた『デスノート』の一場面だった。ミサミサも拘束された時、号泣していたなあ。今なら、ミサミサの気持ちが痛いほどよく分かる。しかし、ＩＣＵで筋線維芽細胞とミサミサのことを考えている患者さんは少ないだろうなあ……手術が決定した時、学内の看護師さんから「入院中はわがままな患者さんになりましょうね」というアドバイス（?）を受けていたこともやっと思い出せた晶は一晩中、付き添ってくれた看護師さんが来る度、蚊の鳴くような掠れ声で「痛い」「苦しい」と言い続けた。唇が渇ききってピッタリ貼り着くような感覚が不快で、リップクリームを塗ってもらった。ＩＣＵにリップクリームを持って来たのは大正解だった。看護師さんは「水を取ってきましょうか?」と言ってくれたのだが、そんな風に唇に水を塗ってもらうと、兄である宮沢賢治に死に水を取られている妹のようで不吉な感じがするから嫌だった。

　頭の中で、チャポチャャポ音が鳴るような気がした。点滴のリズムに合わせて、頭の中で、１滴ずつ液体が滴下するのが伝わった。不快な頭の中の音のために寝返りも打てずにいた晶は固い枕に押し付けられた頭部の皮膚の血行が滞り、痺れたような痛みを感じたため、看護師さんに痛む部分をさすってもらった。一晩中、定期的にバイタルサインと意識レベルの確認に担当の看護師さんが来てくれるのだが、その度に「僕の手を握れますか?　両足は動かせますか?」と聞くので、晶は誰かの手を握り返せることが、人の手のぬくもりを感じる事がうれしかった。この手のぬくもり無しには地獄の一晩から抜け出せなかっただろう。晶は強度の近視なので、裸眼では暗い部屋の中にいる看護師さんの顔はほとんど見えなかったが坊主にした髪型が池内先生に少し似ていた。

「安楽死」そして「尊厳死」という概念が生まれて初めて脳裡をかすめたのも、この時だった。故スティーブ・ジョブズ氏や女優の川島なお美さんが亡くなった時、「手術を受ければもう少し長生きできたはずだったのに」と思った人は多かったのだが、これほどの苦痛を味わうぐらいなら手術を受けずにがんで死ぬことを選ぶ人がいても不思議ではない。それも、その人たちの選んだ大事な選択肢だと晶は思った。お祖父ちゃんやお祖母ちゃんが入院中に晶は毎日、見舞いに行っていた。その頃の晶は、自分の家族がこのような苦しみに堪えているとは知らなかった。もし知っていたら接し方も違っていたのだろうか？　お祖母ちゃんが目を覚まさずに眠り続けた時、晶は救急車を呼び、二人で救急車に乗って、病院まで行った。それは間違っていたのだろうか？　お祖父ちゃんが癌で入院してた時は死ぬ前日まで、毎日去り際に二人で握手をしてから帰った。最晩年、体が不自由だった篠原君のお父さんのことも、腰椎の骨を侵蝕する稀有な腫瘍で何カ月も入院した後、腫瘍再発のため退学してしまった、かつての担当学生のことも脳裡をよぎった。国家試験前に篠原君のご両親が夢に出てきてくれたので、きっと空の上から応援してくれているはずだった。ウルトラマンのカラータイマーがピコピコ鳴るような音を夜通し聞きながら、一瞬、晶は眠りについた。

翌日、晶は、ＩＣＵから生還し、ベッドで寝たままで一般病室に戻ることになったが、以前から苦手だった尿道カテーテルの管がどうしても気持ち悪く、昨夜の担当とは違う女性看護師さんに苦痛（わがまま）を訴えた。看護師さんは優しい口調で、「今、おしもに管を入れているので我慢しなくてもちゃんと尿は出ていきますから大丈夫ですよ」と励ましてくれて、その言葉を聞いただけでも、晶は「我慢したり、変に力んだりしなくても、力を抜いてそのままラクにしていればいいんだ」と安心した。気持ちがラクになっただけでも苦痛は幾分和らいだようだった。病室には岡林さんの手書きイラストと共にパートニャーの写真が置いてあるので、晶はホッとした。晶は血や吐瀉物でにゃん太が汚れるのが嫌で、ご本ニャンさんには自宅待機してもらって彼の写真のみ持参していた。尿道カテーテルを外してもらって、ＩＣＵにいた頃よりは若干、管の量は減ったとは言え、未だに点滴に繋がれ、脳の内圧が上がらないように脳脊髄液排出の管も額に付けたままの晶は車椅子に乗らなければトイレにも行けない状況だった。

術後２～３日目に炎症はピークを迎えた。発熱し、腫脹のために右目は開けられなかった。『はたらく細胞』の中でも特に白血球さんと血小板ちゃんが走り回って生体防御反応を起こしているんだろうな、と晶は考えた。手術当日、病院の貴重品入れに預けたスマホも病室に戻ってきた。右目は開け辛かったが、そろそろ篠原君の卒業式も近いので某大手通販サイトで卒業祝いの品を選んで時間を潰した。通販での購買意欲の有無が晶にとってのバイタルサインかもしれないと思うと（バイタルサインは正常です！）、我ながら呆れた。

「やだっ！　何、これ、かわいい！　ぬいぐるみ？」

「ぬいぐるみだけど魂持ってます」

「ちゃんと服着てる！」

「テディベア用のセーラー服です」

にゃん太の写真を抱きながら眠ると炎症も少しずつマシになるようだった。にゃん太の首輪に付いているハート型のチャームは写真で見ても可愛らしかった。小さなおでこに「必勝」と書かれた鉢巻を巻いて、勝つ気満々の勇壮な姿だった。写真の効能を、以前、同窓会でお世話になった大学の先輩にメールすると《まあ、素晴らしいお薬ですね！》と返してくれた。人工呼吸器の影響がまだ残っていて、時々、咳が出そうで苦しかったので、ベッドの上半分を起こし気味にして眠った。

解剖学の授業で「食道と気道は地面に対して垂直に、平行して走っている。だから、食べ物や唾液、異物などが食道に入ると、重力に従って下に降りていく」と聞いた覚えがある。食事や水分の摂取時には晶は出来るだけ上半身を垂直にして咳込まないように気を付けていた。やっぱり、一人で食事、歯みがき、排泄が出来るという事は生きていく上で基本的な動作だなー。幼児期にとっくに出来るようになっていた事を晶はもう一度繰り返した気がした。

岡林さんにメールで、《まだ炎症は続いているけど手術は無事成功しました》と連絡をすると、《今月、祖母が亡くなって落ち込んでいた時に、先生から手術成功の連絡をいただいて幸せな気持ちになりました》という返信があった。「喉元過ぎればなんとやら」の諺通り、ICUでは尊厳死の概念が脳裡をよぎった晶も、岡林さんからの返信を見て、「死ななくてよかった！」と思った。人が死ぬ時、この世を去る側にとっては、最早、寂しさも苦痛もないが、悲しい思いをするのはいつだって生きている、残された側のほうなのだ。

炎症の5徴候もピークアウトし、点滴と脳脊髄液排出の管も外れた頃、藤坂先生から「もう少しカロリーを摂取した方がいいので、アーモンドやナッツを含むチョコレートなどは高カロリーでしかも、嚙むことによって咀嚼筋を鍛える事にも繋がります。どんどん食べましょう」という指導を受けた。そこで晶は、病院まで車で来ることができる辻岡先生にお願いして、入院患者の着替えや洗濯物の受け渡しができる1階受付までチョコレート菓子を持って来てもらい、看護師さんに病室まで運んでもらった。チョコレート菓子のパッケージはバレンタインデーが終わればすぐにホワイトデー商戦に使い回しするメーカーの意図なのか、春めいた色とデザインだった。2月14日は死んだ母親の誕生日だった。晶は毎年「母の日」商戦と「バレンタインデー」商戦を見るにつけ、苦々しく思っていた。今年は晶が入院中だったから遅めになってしまったけれども、これがほんとのバレンタインチョコだと思う。

去年のクリスマスに指輪の修理を頼んだ店から「修理が完了した」という留守電が入っていた。池内先生の予言通り、ほんとにあの小さな体で、自分の命と引き換えに主を守ったのかと思うと、誕生石の勇敢さに頭が下がった。きっと、もうじき退院できるだろうと思った。

「おかーさーん」「おかーさーん」「おかーさーん」「おかーさーん」「おかーさーん」「おかーさーん」「おかーさーん」「おかーさーん」「おかーさーん」「おかーさーん」「おかーさーん」（以下、壊れたレコードのように続く……）

深夜に何時間も絶叫する患者さんがいた。それまでの晶なら「叫ぶことによって、おかあさんが来てくれるとか、痛みが減少する、あるいは病気の快復が早くなるなどの効果があるなら、なんぼでも叫べばいいけど、この人は無意味な事をしている。叫ぶのを止めて、睡眠と休息を取ったほうが合理的だ。他の患者さんにも迷惑が掛かっているし」と考えただろう。しかし、ＩＣＵで過ごしたあとの晶にとって、その叫び声は、理屈抜きで、苦しみに堪えかねて「助けて」と言っているように聞こえた。叫んでいる患者さんは晶よりも孤独だった。以前の晶なら、「孤独でない人間など、この世に一人もいない。孤独を言い訳に他人に迷惑を掛けてはいけない」と考えただろう。しかし、あの患者さんには、岡林さんのような手書きイラスト付き年賀状を送ってくれる教え子がいるだろうか？　辻岡先生のように、晶が頼んだら、すぐにでも、ちょっと遅めのバレンタインチョコを山ほど買ってきてくれる先輩がいるだろうか？　晶は手術の後、看護師さんから話しかけられても蚊の鳴くような掠れ声でしか答えられなかったが、今、病院中に響きわたるような声量で叫ぶ患者さんはミュージカル俳優並みの肺活量だった（尤もセリフは「おかーさーん」しか言えないが）。苦しんでいるのはその患者さんの体よりも心のほうかもしれなかった。

「うちの晶にニャにすんねん！」

明け方、晶の付近をパトロール中だったにゃん太の生霊が、晶の右足を掴もうとしていた悪霊に飛び蹴りをくらわして退散させた。その時、晶は怖い夢を見て逃げようと、そして、起きようとしたが、金縛りにあったように動けなくなっていた。

（こんな著しく食欲の失せるＢＧＭを聞きながら食事をしたのは生まれて初めてだ……）

「おかあさん、うるさいっ」

「うーーーーー」

「いたーいーー、いーーーーー」

「おかあさんって誰やっ！」

今まで静かにしていた患者さんまで騒ぎ始めて、学校で言えば、さながら学級崩壊の様相を呈してきた。

次の日も「おかあさん」コールはまだ続いていた。怖い「おかあさん」に追いかけられる幻覚でも見ているのか？　術後の譫妄状態。祖母の澄美子が胃がんの手術を受けた時は「病室の天井から無数の手足が生えているのがはっきり見える」と言っていた。晶も術後、自分も幻覚を見るかもしれないと覚悟していた。しかし晶は近眼なので、裸眼では現実の世界はほとんど見えず、幻覚もまったく見えなかった。あの「おかあさん」コールは欅坂46で言えば、「大人は信じてくれない」略して「おとしん」みたいなものか？「この病院の医療スタッフの大人は分かってくれない」と叫んでいるのか？　病室の外が余りにも騒がしいので晶はウォークマンでテレビアニメ『PSYCHO-PASS』の主題歌「Out of Control」を聞いていた。「頭蓋骨を缶切りで開けて　僕の頭の中身を見せよう」みたいな歌を開頭手術の直後に聞いているのもシュールな状況だと思いつつ。

藤坂先生の腕前を信じてはいたが、やはり晶は、手術による後遺症が心配だった。これ、最後に『アルジャーノンに花束を』みたいにならないよね？　別に天才になるための脳の手術を受けた訳じゃないからヒトとしての倫理に問題はなかったはずだし。うちのにゃん太も、天才猫になるための手術を受けた訳ではない。多分、チャーリーとアルジャーノンみたいにはならないと晶は思いたかった。

外部の騒音のみならず、傷口から流れ出た血液と脳脊髄液が毛髪にこびりついて固まっているのが気になって晶はよく眠れなかった。側頭部の傷口だけでなく、襟足の部分まで、晶の毛髪はスプレーで塗り固めたようにバシバシになっていた。看護師さんたちは定期巡回の度に「すごい汗かいてる」と言っていたようだが、晶は心の中で「それ、血と脳漿で貼り付いた髪の毛だから。汗だかどうだか分かりませんよ」と思ったが、敢えて口には出さなかった。その苦痛も、最初に車椅子での介助付き入浴、次に介助付き洗髪、やがて介助無し入浴および洗髪が可能になってくるにつれて薄らいでいった。ブラック・ジャック先生並みの藤坂先生の腕前のおかげで、当初考えられていたよりも晶の回復は早かった。日常生活において介助が必要なくなり、検査結果で異常が見られなくなった時、晶の退院が決まった。

《早めの退院おめでとうございます！　にゃん太君に付きっきりで看病してもらったんですね》。大学院時代の後輩から退院祝いのメールが届いた。看護師さん達も「今日は帰ったらにゃん太君に会えますね」と笑顔で言ってくれた。病院側としても離床までの期間が短い患者さんのほうが有難いはずだった。

「今日はよく晴れてますね。今回の貴重な経験を活かして、お客さんのこれからの人生も晴れ渡るといいですね」

入院していた間に2月もほとんど終わってしまったが、約束の卒業式と合格発表には何とか間に合いそうだ。今回の手術で、つないで貰った命。職場復帰したら必ず、血管の石灰化に関する論文を世界に向けて発表したい。

タクシーで帰宅すると、にゃん太はいつもよりも少し悲しそうな目をして待っていた。

歯科医師国家試験の合格発表当日。発表時間を過ぎても篠原君からは何の音沙汰もなく、晶が厚生労働省のＨＰを食い入るように見つめながら不安で心臓がドキドキし始めた頃、スマホに反応があった。

《受かっちゃった》

《篠原先生、合格おめでとう！　最下位からの逆転劇。見事な戦いでした。下剋上かと思いました》

こんな見事な満開の桜を見たのは生まれて二度目だな……

ありがとう、シノ。私としても鼻が高いよ。

今年も全国の合格者数２０００人未満、合格率も62％を切るという激戦の中をくぐり抜けての勝利だった。

合格発表からしばらくして、卒業生の合格者リストが回ってきた。

篠原　勇介　合格

４年前、「神７」と呼ばれた学生のうち、ただ一人のサバイバーであった。実に、その年の合格ラインをわずか1点上回っただけの僅差での合格だった。

「避雷針」編・エピローグ

無事、篠原君が歯科医師になったのを見届け、脳腫瘍再発防止のためのガンマナイフによる治療も終えた晶だったが、体力の衰えた状態での任期制教員に対するノルマ（論文数）のプレッシャーは想像以上だった。中々、論文が採択されず焦りが募るうち時間ばかりが過ぎていった。とうとう秋になり、論文が完成しないまま、再任用の書類の提出期限がやってきたが、篠原君と一緒に過ごした時間が教育領域の業績として評価され、論文数に換算するとノルマはすでに達成していたことが分かった。晶は篠原君を守ったつもりでいたが、実際には教え子に守られていたのだった。プレッシャーも無くなり、クリスマスが近づいてきた頃、晶のスマホの電源が入らなくなった。年内すべての授業が終わり、書き直した論文の再投稿が終わった直後だった。主を守り続けた健気なスマホは機種変更の時、一瞬意識を取り戻し、中のデータをすべて次の新しいスマホに伝えた。データ移行の翌日、晶の論文は受理された。その年も、今や母校で立派な（他講座の）大学院生となった池内先生と研究室の中でケーキや照焼きチキンを食べて、穏やかで楽しいクリスマスを過ごした。池内先生は晶に感謝していたが、実際にはクリスマスに一人寂しく研究室で過ごさずに済んで助けられていたのは晶のほうだったかもしれない。それが故意であれ、偶然であれ。照焼きチキンも食べ飽きた頃、晶は久しぶりに街に買い物に出掛けた。クリスマスプレゼントを買いに来た客で人出は多かった。帰りに乗ったバスの中から交差点で待つ人々を見ていた晶は、雑踏の中に晩年の響子によく似た背格好と髪型の人物を見つけた。あれからもう20年近く経っている。響子がここにいる訳はなかった。バスの中では幼い兄弟が興奮気味に甲高い声を張り上げ、降車予定のバス停の名前を叫んで、優しい父親にたしなめられている。眼に涙が滲みそうになった晶は、せっかくの楽しいクリスマスに泣いてはいけないと思った。

クリスマス明け、まだ新しいスマホのメールの設定が間に合わず、パソコンから岩崎さんの息子さん夫婦に連絡を取った晶は、クリスマス前に岩崎さんがすでに亡くなっていたことを知らされた。入所していたリハビリ施設でクラスターが発生したのだった。論文完成までは岩崎さんの訃報を晶の耳に入れまいとするかのようにスマホは動きを止めた。訃報を知らない晶が岩崎さんに送った論文のコピーが最後の手紙になった。今頃、祖母の澄美子は自慢げに孫の書いた論文を従弟に見せているのだろうか？

正月、兼、論文完成を池内先生と祝った直後に信じられないことが起こった。年明け早々に晶は次の任期では再任用されないことが決定し、クビ宣告を受けた。「血判状事件」の時の残党が背後で仕組んだことだった。通知を受けた晶は、大学の規程では再任用の条件を満たしているので審査をやり直してほしい旨を大学側に申し入れ、回答を待った。端から何かの手違いだろうと、晶のクビを信じていない池内先生に対して、今や立派な研修医となり、母校以外の大学で勤務している篠原先生からは、判定が覆されると信じています、というメールがきた。にゃん太は、今度も絶対にぼくが守るから晶は何も心配しなくていい、と断言した。だから晶も教え子たちが信じる自分を信じ、何があっても最後まで戦い抜くことが出来ると信じた。睡眠不足で新型コロナに感染してしまったが、元々、晶には重症化のリスクはなく、すぐに回復して大学に戻ったとき、晶の再任用が決まった。判定は覆された。「早瀬先生はこれからも、もっと多くの弟たちと妹たちを救う運命だってことですよ」と電話で篠原先生は言った。

ふたたび桜の季節がやって来た。

1年遅れの池内先生大学院入学祝いと晶の再任用決定祝いを兼ねて、大学の先輩が実家の吉野でバーベキュー大会を設定してくれた。

風も日差しも柔らかな曇りの日で、陽気なウグイスの声が澄んだ空気に冴えわたる。風にひらひら舞う花びらは、やがて降りしきる桜吹雪となり、視界一杯に拡がった。「こんな見事な満開の桜を見たのは生まれて三度目だ」と晶は思った。

コロナ禍が終わり、晶は講義に実習、学会および論文執筆と目まぐるしい日々が続いた。そんな忙しい日々だったが、会食の制限も解除されたため、にゃん太の所有する別宅で晶、永遠の17歳のにゃん太の誕生パーティを開くことになり、岡林画伯と久しぶりの再会を果たすことが出来た。画伯と初対面のにゃん太は頭をナデナデされて上機嫌だった。大はしゃぎしながらゲームに興じている人間たちを眺めながら、にゃん太はこう思った。実は大切な時間だったんだよ。いつまでもずっとそう思っているよ。

コロナ禍が通り過ぎて初めての満開の桜の季節がやってきた。晶はずっと待っていた。今まで離れ離れだったけれど、この厳しい寒さが終わった今ならやっと言える。
お帰りなさい。シノ。

「避雷針」編　終わり

最終楽章　母に捧げるレクイエム

「最後の悲劇」編

歯を喪失することで人は誰でも上下の顎の筋肉のバランスが崩れ、すぼんだ口元に変わる。若かりし頃には映画俳優よりも甘いマスクであった青年でも。歯の数が少なくなり、口元が「への字」型に歪んだ高齢者とすれ違う度、晶はあの時の春雄の顔を、あの悲劇を思い出す。ずっとめくられることのないカレンダー。止まったままの時間。

アメリカから無事戻ってきたものの、晶は留学生活のために貯金を使い果たし、経済的および精神的にガタガタの状態だった。帰国直後はほとんど放心状態だったが、日本の土を踏み、日本語圏内にいると実感することでやっと緊張感から解放された。晶の留学中に祖母、澄美子の歯科医院は閉院していた。長年、歯科医業で家族を養ってきた澄美子だったが、年齢的にも経済的にももう限界が来ていたのだった。澄美子が生涯にわたって最も胸を痛めていたのは、中学の頃から学校に馴染めず、社会に出て働いたこともない響子のことだった。自分のことを天使に近い特別な存在だと思い込んでいる響子は人間関係において周囲と衝突を繰り返していた。若い頃は、有名な美人女優に似た大輪の花のようだった響子は若さと美しさにこだわり、だぶだぶした皮下脂肪を嫌悪するあまり、取り憑かれたようにダンスを続けた。その結果、摂食障害気味の偏った食生活も影響したのかもしれないが、響子の体は痩せ衰えてあばら骨が浮かび、厚みを失くした顔の皮膚からは、なめらかな曲線が消えた。それまで親がかりだった響子が澄美子の引退後の経済的に困窮し始めた時、初めて外の世界で働く場所を探しに面接に行ったことがある。しかし、「親が高齢になり、家業を断念したから」という志望動機の上に、ひらひらと着飾った格好で面接にやって来た非常識な響子を雇ってくれるほど世間は甘くなかった。自業自得とは言え、所詮なんの力も持たない響子が傷つき、惨めで悔しい思いをした時、澄美子は「どこへ行っても拒否される……」と呟いた。何はともあれ、怒濤のアメリカ留学も終わり、これから晶は日本で家族と平和に幸せに暮らすはずだったのだ。アメリカに出発する前は、実家から出ていけと言われ、部屋を転々としていた晶だったが、もう二度と家から追い出さない、と澄美子は固く約束してくれた。そんな時だった。響子が突然、両親に暴力を振るい出したのは。

（鉄格子の中に閉じ込めたのはあんただろ！　よそに女作って家庭を滅茶苦茶にしたのは、私の人生台無しにしたのはあんただろ！）

きっかけは「お母さんはアメリカ帰りの晶のことばかり褒めて、私のことを大切にしていない」という響子の理不尽な言いがかりだった。澄美子は響子に土下座して謝ったが、それがさらに響子の怒りに油を注いだ。晶は、響子の両親に対する暴力を止めようとして響子の頰を平手打ちした。一度でも我が子から殴られれば響子も澄美子の痛みを理解できるかと思ったのだ。それは完全な逆効果をもたらし、響子が理解したのは自分だけが被害者だという意識だけで、気でも違ったのかというぐらい喚き散らし、春雄もそれに負けない大声で響子を怒鳴りつけた。それが響子の病気の再発だった。

「アキちゃんが生まれる前はほんとに酷くて、よく暴れたり、何回も自殺を図ったりしてた。病気を治そうとして精神病院に入院させたりもした。その時は勝手に出てきてしまって、お母さんの側がいいと言うからどうすることもできなかった。アキちゃんが生まれてからは病状もかなり落ち着いてきて感謝してたのよ」

子供の頃は母親の病気について何も分かっていなかった晶だった。成長し、社会に出て生活費を稼ぐようになった今では、家族のことを何とかしようと思うようになった。しかし、長年仕事とは縁のなかった春雄と響子にとって晶の考えは理解不能だったのだ。自分の病名は鬱病だとかたくなに訴え、気に入った病名以外は決して認めない（〝精神分裂〟や〝障害〟などの言葉が入るのが許せない）響子だったが、睡眠導入剤の入手のために近所の心療内科に通院していた。家族として晶も、響子の来院に付き添い、精神科の医師と今後のために打開策を話し合おうとした。自分にとって響きと都合のいい病名以外の病識がなく、何の問題もないと思っている響子は「なんでこの子はここまで付いてきたのでしょうか」と聞き、N医師を呆れさせた。N医師は怒ったような顔で「晶さんはあなたのことを心配してここまで来たのです」と答えたが、響子にその気持ちは伝わらなかった。響子は睡眠導入剤が欲しい時のみ来院し、カウンセリングなどは拒否したため、晶が一人で母親のことを相談しにN医師の元を訪れた。春雄と澄美子が響子の言いなりになっている治外法権のような閉じた家庭の中に晶は第三者からの新しい風を入れたいと願っていた。老父母は年金生活者であり、早瀬家で収入があるのは晶だけだったが、節約すれば工夫次第で細々と一家４人でやっていけると晶は考えていた。あるいは精神疾患であることを逆手に取り、経済的、社会的にアドバンテージを受けられる、そして容認してもらえる制度があれば、響子のためになると思った。響子が少しでも働いて、社会とのつながりを持ち、我慢や努力することを覚えれば、きっとこの病気を乗り越えられると思った。最初に相談に行った心療内科に始まって、職場のカウンセリング室、精神疾患の患者のための就労施設、福祉施設内のこころの相談窓口、地方公共団体の福祉相談窓口と、次々にたらい回しされた晶だったが、貰う名刺が増えただけでどこに行っても有効な解決方法は見つからなかった。職場のカウンセラーは確かに優秀であった。響子の心の寂しさを埋めるためペットを飼うことを提案されたが、それは一歩間違えば、そのペットが暴力の標的にされる危険性を孕んでいた。地方公共団体の相談職員にいたっては、（どこかのマニュアルにでもそうしろと書いてあったのか）晶の話した言葉をいちいち復唱したのみで何の足しにもならなかった。

「イヤだーーーっ」

響子と春雄の衝突はいよいよ激しさを増していった。いつにも増して大きい春雄の怒鳴り声に響子がやり込められた時、意気消沈した響子が少しでも楽しめるよう、晶は留学先から持ち帰ったおバカコメディ映画のビデオを見せた。響子は無理して少しだけ笑った振りをしたが、それは弱々しくも痛々しい笑いだった。

「静かに暮らしたい」

ゆっくりと眠れる場所が家にはなかった響子は家を出ることになった。響子がすぐに泊まれるホテルや短期滞在できる部屋の手配と支払いを（そういうことには慣れっこの）晶が代わりに行った。

「早瀬さんが複雑なご家庭の中で真っすぐに成長されたことに敬意を表します」

散々、市内中の相談コーナーをたらい回しされた後、結局、晶は最初に訪れたN医師のクリニックに戻ってきていた。

「娘さんのほうがすでに精神的にも経済的にもお母さんを上回って、逆転した状態になっているのですよ」

「これまでの早瀬家の中で初の試みとして、親戚一同も交えて、開かれた状態で、今後の方針について話し合いをする機会を設けたいと思っています。母は祖父とは一緒に暮らせる状態ではありませんし、今後、家賃、食費、光熱費など生活費も切り詰めて工夫してやっていくつもりです」

「それは結構なことですが、話し合いをするのは無理でしょう。話し合いにはならないので、晶さんが一方的に話をして、晶さんのほうから家を出ていくしかありません」

「そうならないように頑張ります」

「あなたには理解できない『情念』というものがあるのですよ。晶さんと違ってお母さんはこれからも成長はせず、長い青春をずっと生き続ける。お祖父さん、お祖母さん、お母さんの間にある『情念』をあなたは決して断ち切ることは出来ない！」

親族会議の前に専門家からのアドバイスを得ようとN医師の意見を聞きにいった晶だったが、文学や映画以外の場所で聞くとは思わなかった『情念』という言葉が晶の心に重くのしかかった。響子の身勝手な被害妄想。母親に寄りかかり、まとわりつくようなベタベタした甘え。これは生涯変わらなかった。思春期が過ぎて何十年経っても。

その親族会議があった日のことを後に響子はこう書き残していた。

『裁判官のように私を裁こうとした娘』

晶は知らなかった。精神疾患を患っている人間は、自分を助けようとする存在に対して、「自分を裁こうとしている」という思いを抱くことを。家庭にも社会にも居場所が無く、何もすることが無い響子が、若さも容色も衰えてしまった現在、どれほどの孤独や絶望を味わうのか、まだ若い晶には到底理解できなかったのだ。

早瀬家の親族以外の第三者の参加は結局、実現しなかったが、響子の姉と妹も加わっての運命の家族会議が始まった。ただし、春雄だけは「一体何のためにこんなバカげたことを始めたのか！意味がない！」と言って、家族間の話し合いから背を向けた。

晶は思いつく限りの打開案を、出来るだけ前向きに親族一同で話し合おうとしたが、響子はまったく耳を貸そうとせず、まるで教室をウロウロと歩き回る生徒のように会議中に何度も席を立った。話し合いは一向に進展せず、Ｎ医師の予言は的中した。晶は響子がこの世界で最も愛するのは自分だと知っていたからこそ、せめて晶の言葉にだけは耳を傾けてくれるのでは、という一縷の望みを持っていた。しかし、心の何処かで『情念』は断ち切れないという覚悟もあった。

その時だった。親族会議に参加していなかった春雄が、突然、大声で怒鳴り込んできて、その場を滅茶苦茶にしたのは。

「こんなくだらない事やめろ！　響子のことはうちの家族だけの問題でそれ以外の人間は関係ない！」

「家庭内の問題をそんなにオープンにしたいのならマスコミでも何でもここに呼んで来いよ！　晶はじぃちゃんに対してそういうことが言える立場なのか！　晶は研究では頭が良いはずなのに、勉強以外は何も分かっていない！」

口先が非常に達者な春雄は大声で怒鳴りながら、響子が離婚し、晶が京都に来た頃の何十年も昔の話をまくし立てた。しかし、それは現在起きている問題に対して何の解決にもならなかった。

その時、晶は響子が一筋の涙を流すのを見た。その涙は身勝手で横暴な父親に対するものだろうと感じた晶は、怒号が飛び交うなか筆談で『どうして泣いているの?』と聞いた。

「お父さんの言っていることが完全に正しいからです」と響子ははっきり口に出して答えた。春雄と響子、二人の意見は絶対的に正しいものとして君臨する。これが狂った『情念』の導き出した答えだった。

「響子も俺の考えが正しいと認めている！　我が家は晶が居なくても3人だけでやっていけるから、これ以上うちで余計な真似をするならこの家から出ていけよ！」

澄美子も響子も決して望んでいなかったが、結局、晶はにゃん太を連れて早瀬家から出ていくことになった。春雄は「この家から出ていけ」という自分の言葉を軽く考えすぎていた。他に行き場のない響子であればどんなに父親といがみ合い家を出たとしても寂しくなれば反省してすぐに戻って来たのだろう。その点、晶は生活能力のある大人だった。アメリカ留学を経て孤独にも耐性がついていた。

もう二度とないだろうと晶が信じていた引越しだったが、またもや引越しすることになり、アメリカにいた頃のようににゃん太と身を寄せ合って生きていくことになった。晶にはしなければならないことがあった。留学中に行った再生医療の研究に関する論文を完成させることである。晶は家族の都合とわがままで家に居られなくなったが、研究を頑張り、論文が世の中に出れば、その家族もきっと喜ぶに違いないと思ったのだった。

やがて夏が来た。響子は少しも変わらなかった。晶がにゃん太と新居で暮らし始めるとすぐに、晶のいない生活が寂しくなった響子は、晶に会いに来てまた同じことを繰り返そうとした。響子にしてみれば自分が悪いという認識はまったくなかったので、反省も改善もなく、自分が寂しいという感情しかなかったのだ。響子が変わらない限りその先に未来は無く、家に帰ることは出来ないと晶は思った。住民票から足が付かないように、晶は住民票を移動させずに郵便物の転送だけを行っていた。晶の現住所が分からない響子は、晶の携帯電話に『今度の日曜にJ書店の前で待っています』と留守番メッセージを残した。

社会に出たことのない響子には分からなかったが、研究者は土日祝日も学会等の用事で仕事に行かなければならないこともある。響子が一方的に待っていると指定してきた日は学会があった。晶の来ないJ書店の前でずっと待ち続ける惨めな響子の姿を想像すると、晶は居たたまれない気持ちになった。そこでハガキに「今度の日曜は仕事で行けない。もっとも仕事が無かったとしても行かなかったけど」と書いて自分の実家の住所に送った。後日、親戚のおばさんから人づてに聞いた話では、ハガキを読んだ響子はプライドを傷つけられて激怒し、「友達もたくさんいるし、私は晶が居なくても平気よ！」と叫んだそうだ。

晶の努力も空しく、論文は完成する気配がないまま秋になった。J書店における響子の目論見が未遂に終わったあとも、それほど頻繁ではなくても間をおいて時々、響子は晶と電話でコンタクトを取ろうとしたが、響子が家族への攻撃を止めようとしない限り、自分を変えようとしない限り、同じことの繰り返しになると思った晶は携帯電話に出なかった。しかし、その日は普段に比べて余りにも長く着信音が鳴り続け、晶がよほど電話に出ようかと手を伸ばしかけて迷っている間に着信音は止んだ。またいつものように我が儘か、ヒステリーの発作でも起こしたのだろうと晶は思った。

次の日の朝早く、親戚のおばさんから電話があり、「あきら、びっくりしないで聞いてね」と言われた時、一瞬、晶は、響子が年老いた両親に暴力を振るって死なせたのではないか、と思った。しかし、そうではなかった。

「ママがね、死んだの」

春に早瀬家から追い出されて以来、実に半年ぶりに晶は家に帰ることになった。K駅のホームで電車を待つ間、晶は立っていることも出来ずに、ぬいぐるみを抱いたまま崩れるようにしゃがみ込んで泣き続けた。

「響子！　響子！　響子！　響子！　響子……」

晶が家に戻った時、澄美子は童女がイヤイヤをするような仕草で体を揺すりながら泣き続けていた。春雄は涙も流さず、言葉を発することも出来ずに、ただ口元をへの字型に曲げて悲しい表情を浮かべていた。晶の到着前にすでに救急車は引き上げていたが、警官はまだ残って遺書を捜索していた。遺書はなかったが、事件性はないと判断され、警官は晶に2、3の形式的な質問をし、響子の死の経緯について形式的に説明をした後、すぐに帰っていった。

「昨夜も響子は澄美子に当たり散らしていた。俺が怒鳴って止めたら、2階の自分の部屋に行ってしまった。響子の我が儘はいつものことだからそんなに気に留めてなかった……。今日の朝になって、様子を見に行った澄美子が『響子が立ってる！　立ってる！　お父さん見て来てっ！』って大騒ぎして……。俺が響子の頬に触った時はすでに冷たくなっててもう駄目だとわかったんだ」

すぐに通夜と告別式の準備が始まった。葬儀の喪主を務めるために家に帰ってきた晶は悲しむ暇もないほど忙しかったのだが、ぬいぐるみだけは肌身離さず抱きしめていた。響子の死に顔は、安らかで綺麗だった。まるで晶が3、4歳の幼女だった頃の楽しい夢でもずっと見ているかのように。

その晩、晶は響子が命を絶った部屋で、動かなくなった響子の隣で眠った。（寒い、寒いよ、ママ）。響子の亡骸の周囲に置かれたドライアイスの冷気のせいだった。晶がまだ子供の頃、冬の寒い朝、晶が震えていると、響子は何故か「シュク、シュク」と言いながら晶の肩や背中をさすってくれたものだった。ふと携帯電話を見て、昨夜の響子からの着信履歴が残っているのに気付いて晶は号泣した。

告別式の朝、晶は、葬儀屋から「喪主は他に持たなければならないものがあるのでぬいぐるみを持って行ってはならない」と注意された。葬儀がすべて終わるまでの間、ぬいぐるみはロッカーに預けられることになった。早めにスケジュール通りの葬儀を終わらせたい葬儀屋の迷惑も顧みず、晶は前日から考えていた母親への最後の手紙を参加者の前で読み上げ、喪主の挨拶とした。留学中に響子から晶に宛てて送られてきた手紙への返事だった。母への手紙は一緒に燃やすつもりで棺に納めた。春雄は「こんなに悲しいのに、手紙を読む晶を見るのは楽しかった……」と微笑を浮かべながら言っていた。春雄が青春時代に志しながらも、ついに開花することはなかった文学の才能の片鱗を晶の中に見た思いだった。

（ママ、こんなに小さくなって）

火葬場から戻って来るタクシーの中で、響子は小さな骨壺の中に納められ、晶の膝の上に乗っていた。骨だとか遺灰などという無機質なイメージとは程遠く、白木の箱を通してジンジンと灼けるような熱さが晶の膝に伝わった。

「お役に立てずに申し訳ありませんでした」

響子の生前、何度も相談に訪れたN医師のクリニックに再び晶はやって来た。響子の病名と死因について詳しく知りたかったからだ。

「母の病はほんとうに鬱病だったのでしょうか？　私が家から出ていったから、私のせいで母は死にました」

「もし、あの時、貴女が家から出て行かなかったとしても、もっと最悪の結果になっていたかもしれません。お母さんは今までの人生で楽しい時間をたくさん過ごし、やりたい事もやり尽くしてから亡くなったのです。貴女が『私のせいで』なんて言うからびっくりした！」

母親の死を知らされて以来、晶の魂も一緒に死んだ。神も仏もあったとしても呪う対象でしかなかった。あんなに好きだった研究さえ憎むようになってしまって、それでもこの世のすべてを呪うことで晶の精神は何とかバランスを保っていた。

響子の葬儀が終わり、間もない頃、親戚から送られてきた1通の手紙を読んでいた澄美子が「最後の1枚はあんた宛てだって」と言って晶に1枚の紙を渡した。

『前略　早瀬　晶様

この度は突然お母様を亡くされた貴女の悲しみ如何ばかりかと存じます。私は、六歳で母を亡くし、一三歳で父を亡くしました。両親を亡くした幼い私に生きる道しるべを示してくださった恩人は、澄美子さんのお父様、すなわち貴女のひぃおじい様でした。貴女は立派に成人されるまで、澄美子さんとお母様の庇護の元で過ごして来られました。これからはどうかお母様の分まで生きて澄美子さんの力になってください。側で支えてあげてください。私もずっと見守っております。

草々』

祖母の澄美子とは従姉弟同士にあたる岩崎さんからの手紙だった。その手紙を読んで初めてこの世で不幸なのは自分だけではないことに晶は気付いた。まだ晶の体の中では響子のDNAの半分が生きている。

（死にたくないのにアメリカ留学中に事故で死んだやつもいるのに！　私がせっかく生きて家族の元に帰ってきたのに！）

（晶、ごめんなさい……ぼくは晶だけの守護猫だから、お母さんのことまでは守れなかった。晶に悲しい思いをさせてごめんよ！）。泣きじゃくりながらにゃん太は謝ったが、ぬいぐるみの小さな力ではどうにもならないことだったのだ。

晶はそれまでにゃん太と一緒に住んでいたワンルームマンションを引き払って響子のいなくなった実家に帰ってきた。

「じぃちゃんな、晶が出て行ってから毎日この庭で、今日こそは晶が帰ってくるかもしれないと思ってずっと待ってたよ。両親二人ともいない子にしてしまって、晶に悪いことをした」。おかしいものはおかしい、嫌なものは嫌だと、ストレートに言ってしまう晶には、心にも無いことを言い放った春雄の言動は理解不能だった。

「響子の死はあんたのせいじゃないよ。親である私たちの責任なの。おばあちゃんには分かってるよ。あんたが響子の病気を治そうとしてたこと。それなのに響子は『私は晶に捨てられた』って言ってた。『捨てられたんじゃないよ。晶はもう大人になったんだよ』ってあれほど言ったのに！響子は一切、聞こうとしなかった。死ぬ前日、『お母さん、私、疲れたわ、死にたいわ』と言っていたのに、そんなのいつもの事だからほんとに死ぬなんて思わなかった。死ぬ直前まで、母親の前で子供みたいにまとわりついて甘えるあの子の姿が目に焼きついて余りにも可哀想で……」。澄美子の涙は枯れることがなかった。それでも死んだ母親に面差しのよく似た晶に取りすがるように澄美子は生きた。

　ここから先は晶にとって弔い合戦だった。日本に帰国する直前、晶はヴィスカルディ教授に書き終えたばかりの論文を見せ、教授から実験動物の匹数が足りないと言われた。この期におよんで最後まで教授がウソを言うとは思っていなかった晶は、その時の「異なる6匹のマウスで再現性を確認できたら論文は掲載できる」という教授の言葉を信じた。帰国後も晶はせっせと追加実験を続行した。しかし、山師は山師でしかなかったのだ。ヴィスカルディ教授は晶の論文がよほど気に入らなかったのか（第1に、ヴィスカルディ教授のいない時期に書いた、共著者に教授の名前が含まれない論文であり、第2に、再生医療にスキャフォールドは必要ないという内容の研究であった）データを追加したその論文を決して認めようとはせず、掲載しなかった。この世のすべてを憎み続けながら弔い合戦を続ける晶は、毎日メールでヴィスカルディ教授に猛烈に抗議したが、とうとう痺れを切らし、

“You are a liar.”

とメールに書いて送った。人との約束を守れという意味を込めて送ったのだが教授から返ってきた答えは

『論文は掲載できません。アナタのメールに対して裁判で訴えます』という内容だった。アメリカが訴訟大国であり、スラップ訴訟という、都合の悪いことをいう相手を黙らせるための嫌がらせ方

法があるとは思いもよらなかった晶は震えあがった。英語での裁判になると英語の苦手な晶は圧倒的に不利になる。母親の死に続き、精神面で打撃を受けた晶は家に帰って号泣した。晶のただならぬ様子を見て、春雄は「研究のことなどどうだっていい、研究なんて止めたっていいから、アメリカの教授の言うことなんて気にするな！　とにかく生きてさえいてくれればいいんだ！」と晶まで失ってしまうことを恐れた。

散々泣いたあと、晶が出した結論は『銀河鉄道９９９』のメーテルと同じ「宇宙の歴史に魔女と書き残されてもいい」だった。母親の自殺さえ利用してヴィスカルディ教授がほんとに人間かどうかを試すために一計を案じ、表面上の謝罪メールを送信することにした。

『先日は失礼なメールを送ってしまい申し訳ございませんでした。先月、母が首つり自殺をした直後だったため気が動顛し、一日も早く亡き母に完成した論文を読んでもらおうと焦るあまり、精神的に不安定な状態でした。ほんとうにあの時はどうかしておりました』という最後のメール以降、ヴィスカルディ教授との縁も完全に切れた。

論文は相変わらず未完のままだったが、それでも晶は諦めなかった。研究に没頭していた間に母を喪った晶は、一時は研究という職業までも憎むようになったが、それでも続けて来られたのは晶の中に流れる研究者の血のせいであろう。春雄と澄美子は、晶に対して、崇め奉る存在に供物でも捧げるようにして響子のいない空洞を埋めようとしていた。平日と言わず休日と言わず、朝から晩まで、晶が喜ぶと思って、蟹やすき焼き、ピザや寿司などの豪華な食事が提供されたのだが、晶はただの人間で、お供えをされるような対象ではなかった。人に甘えるのが嫌いな晶は「自炊の一つも出来るようにならなくては！」と思い、一人暮らしの後輩男子大学院生と「自炊」競争を始めた。

「食事の用意は自分で出来るようになりたいから、お祖母ちゃんはしなくていい」という晶の言葉を振り切って、澄美子は何とかして晶に手料理を食べてもらおうとしていた（令和の時代になっても、ブリの照焼きを見る度、晶はまだ、その時の澄美子の様子を思い出して切なくなる）。一つ屋根の下に晶が一緒にいるということに対する感謝の念を澄美子はどうしても示したかった。

「今日はね、おばあちゃん、ちょっと変わったおにぎりを作ってみたよ」

ある日、澄美子はいそいそと、とても楽しそうな顔で晶に手作りおにぎりを見せた。ご飯の周りにカラフルなフリカケをまぶした海苔を巻かない変わりおにぎりだった。「自炊」競争の期間内は食事は自分で作らなければ不正行為になると思った晶は可愛らしいおにぎりを口にしなかった。

「どうしたの？　食べないの？　変わったおにぎりだから食べてごらん？」

「自分で作るから、作らないでってあれほど言ったでしょっ！　甘やかさないでよっ」と晶は大声で叫んだ。

「甘やかしてないよ。あきちゃんだって仕事の帰りによく美味しい物を買ってきてくれるでしょ。それと同じことでしょ」

晶の叫び声を聞いて、春雄も何事かと飛んで来た。

「自分のことは自分でやるって言ってんだから、もう晶のことはほっときなさい」

「食べたくなかったら食べなくていいよ。もう、何とも言えない気持ち……」

響子が死んだ日、晶はこれ以上の悲しみはこの世にないと思っていた。晶のために出来ることは何でもしてやりたい澄美子の気持ちと、誰にも甘えたくない、甘やかされたくない晶の気持ちはすれ違っていた。「自炊」競争で多少のズルをしようと、澄美子がせっかく作ったおにぎりを晶が無邪気に喜んで食べれば家庭は円満なはずだった。それなのに、ついさっきまでウキウキしていた澄美子を「何とも言えない気持ち」にさせた。響子の死という大きな悲しみ以上におにぎりが引き金となった些細な悲しみのほうが晶の心をえぐった。その後、晶は何年も市販のおにぎりですら食べることが出来なくなった。晶は強い人間であろうとし、元々の性格もキツかったが、それでも澄美子は晶を心配し続けた。どんなに強い人間でも、逆に強いからこそ折れてしまわないか、と。

響子の死から2年後、澄美子は病に倒れた。ステージ3の胃癌だった。大手術の結果、澄美子は激やせしたものの無事に治療を終え、退院することが出来た。

その後も晶の書いた論文はあちこちのジャーナルから掲載拒否されたが、どんなに酷評を浴びても晶は諦めなかった。生きている限り、一歩でも二歩でも前に進むことは出来るからだ。そして、ついに晶の論文の重要性を認め、原稿の修正後に受理してくれた海外の一流ジャーナルが現れた。こうしてやっとの思いで晶の孤独な弔い合戦が終わった。

澄美子の退院から3年後に春雄も胃癌で倒れた。ステージ4だった。食事も出来ずに、病室の電動ベッドで寂しそうに横たわる春雄を見て、晶は「こんな時にどうしてママが看病に来ないの！」と思ったが、やがて左右の鼻の穴に酸素のチューブを付けた春雄の姿を見てその思いは消えた。じきに響子が迎えに来ることが分かったからだ。晶は毎日、病室の春雄を見舞い、帰りには必ず春雄と握手をした。それは明日もまた会おうという約束であり、手のぬくもりは生きている証でもあった。

春雄の死後、遺品の中から、自分の愚かさに対する悔恨の念をしたためた数冊の手書きのノートが見つかった。「まるで文学青年のようだ」と晶が思った時、大声で家族を恫喝し、常にイライラしていた暴君のような孤独な老人の姿は消え失せ、眉目秀麗で、才能豊かな一人の文学青年だけが後に残った。研究者としての育ての親である吉田先生を除いては、晶にとって唯一の「父親」と言える存在は春雄だったのだ。

かつての春雄の恩師、本多顕彰先生は、晶が持っている新潮文庫版『草の花』の巻末解説を書いている。

「おじいちゃん、ほんとうは福永武彦になりたかった？」

作品を発表するあてもないはずの春雄が詩作や心情を綴ったノートと共に、「あきら留学記」という題名の小さなメモ帳も見つかった。メモ帳の最後の1ページにはこう記されていた。

２月25日ＡＭ９時　あきらよりＴＥＬあり、空港ホテル宿泊、６時間後、米国を出発予定
２月26日ＰＭ５時　あきら成田到着
２月27日ＰＭ５時　東京出発ＴＥＬあり
　　ＰＭ８時　帰宅

春まだき　留学より　孫帰り
　ふだん着のまま　佇みおれり

（終）

この小説はフィクションです。実在する人物・団体と一切関係ありません。

引用・参考文献等一覧

『銀河鉄道999』松本零士　少年画報社
『ガラスの動物園』テネシー・ウィリアムズ／著　小田島雄志／訳　新潮社
『草の花』福永武彦　新潮社
『猿岩石日記　Part2　怒涛のヨーロッパ編——ユーラシア大陸横断ヒッチハイク』猿岩石　日本テレビ放送網
『アルジャーノンに花束を』ダニエル・キイス／著　小尾芙佐／訳　早川書房
「欅坂46公式サイト」（keyakizaka46.com）
ＪＡＳＲＡＣ許諾第６７０９４１１２４４Ｙ４５０３７号　ＪＡＳＲＡＣ許諾第９０１８１７０００２Ｙ３１０１８号
「LiSA OFFiCiAL WEBSiTE」（lxixsxa.com）
「NCIS」（https://www.ncis.jp/）

にゃん太（共同執筆猫）
愛が重すぎる飼い主によってマンションの一室に監禁されているぬいぐるみ。ストレス解消のため、ぼくが大活躍する小説を前足で書いてみたよ。

呪詛と鎮魂のユニコーン

著者
紫水晶

発行日
2024年 7 月30日

発行　株式会社新潮社図書編集室

発売　株式会社新潮社
〒162-8711　東京都新宿区矢来町71
電話　03-3266-7124（編集室）

印刷所　錦明印刷株式会社
製本所　加藤製本株式会社

ISBN978-4-10-910284-1 C0093
価格はカバーに表示してあります。